Ketunraudat ja keinutuoli

Ketunraudat ja keinutuoli

Pekka Lempiäinen

Kustantaja: BoD · Books on Demand GmbH, Helsinki, Suomi
Kirjapaino: Libri Plureos GmbH, Hampuri, Saksa
ISBN: 978-952-80-8506-5

Prologi

Auto seisahtui pihalle. Siitä nousi ulos kaksi vanhaa miestä.

Hän asteli ulos. Samassa hän jo tunnisti miehet. Toinen oli Usko, toinen Jaakko. Sukunimet eivät ainakaan heti tulleet mieleen. Oli hän molemmat miehet silloin tällöin kylällä asioidessaan nähnyt ja oltiin tervehdittykin. Miehet olivat suurin piirtein hänen isän ikäisiä ja vain sitä kautta tuttuja hänellekin.

Kun pääsi lähelle, Usko sanoi:

– Lähes poika auttamaan. Isäs muuttaa tänään.

– Minnekä muuttaa? Miksi?

– Ihan tähän lähelle.

– Kilometri lie matkaa, sanoi Jaakko. – Nyt pääset meidän kyydissä.

– Mitä minä siellä teen?

– Autat isääs muuttohommissa, sanoi Usko.

Hän jäi katsomaan autoa. Se oli vanha auto, kai yhtä vanha kuin miehetkin. Auto oli peräisin niiltä ajoilta, jolloin Volvon vielä erotti muista automerkeistä yhdellä vilkaisulla.

Jaakko oli avannut oven, piti kättä asennossa, jonka piti kai opastaa häntä sisälle autoon. Hänen ei vieläkään tehnyt mieli lähteä. Hänellä oli monet puuhat kesken. Mutta kun kyseessä kerran oli oma isä...

Hän kumartui, astui autoon sisälle. Usko käynnisti sen saman tien. Ei hänellä olisi ollut mitään halua isäänsä tavata. Ei ainakaan juuri nyt, kun hänen pitäisi kaikki tarmo siirtää mansikkamaalle.

Mutta auto oli jo liikkeessä.

Hetken päästä pysähdyttiin vanhan rivitalon parkki-paikalle. Se oli kai vanhimpia rivitaloja mitä kylällä oli. Rakennusvaiheessa hän oli itsekin käynyt taloa maan-tieltä katsomassa, kuin jotain nähtävyyttä ikään. Nykyisin kylän keskustassa rivitaloja oli kai jo enem-män kuin omakotitaloja.

Usko ja Jaakko askelsivat taloa kohti. Hän seurasi heitä vähän matkaa, seisahtui sitten. Tuntui että ukot olivat jo unohtaneet hänet. Yhden asunnon ulko-ovi avautui ja pihalle astui vanha mies, hyvin vanha mies. Hän saattoi vain tuijottaa tuota ukkoa. Oliko tuo todella hänen isä?

Niinhän miehet olivat lähtiessä sanoneet, että lähes poika isääs auttamaan.

Tuo rapuille ilmestynyt ukko, hänen isä, oli pie-nempi mitä hän oli kuvitellutkaan. Isä oli myös laihempi, mitä hän oli luullut. Isä oli vanhemman näköinen kuin mitä... Isä oli myös kalpea ja kelmeä ja vähän kumarainen, aivan toisenlainen kuin mitä hän oli uskonut.

Oliko tuo todella hänen isä?

Muuttoauto auto ajoi talon päätyyn, mietti hetken, kääntyi. Pelkääjän paikalta mies laskeutui alas. Muuttoauto lähti pakittamaan kohti paikkaa, missä ukot yhä seisoivat.

Hän väisti muuttoauton tieltä syrjemmälle.

Muuttoauton mukana tuli kaksi riskiä miestä. Hänen apua ei kai olisi tarvittu lainkaan.

Jonkinlainen työjako heillä tuntui olevan ja Usko sen sanoiksi muutti: isä olisi vallan sisällä talossa, näyttäisi muuttomiehille mihin mikäkin tavara kuului. Usko itse olisi jonkinlainen työnjohtaja muuttoautossa, kertoisi muuttomiehille, mikä tavara seuraavaksi sisälle kannetaan. Jaakko saisi hoitaa kaiken pientavaran, mitä sisälle asuntoon vietiin. Hänen kontolle jäi vain tavarat, jotka piti viedä ulkovarastoon. Hän sai Uskolta selkeät ohjeet: pienet ja kevyet tavarat ylähyllyille, raskaat alas lattialle. Vaatteet ja muut sellaiset tavarat piti ripustaa koukkuihin. Kertoi Usko vielä, ettei tavaroita tarvis järjestellä. Niitä ei ehkä ikinä kukaan tarvitsisi.

Hän ryhtyi työhön, kantoi laatikon toisensa perään varastoon. Se oli sekalaista rojua, ei hän niitä viitsinyt sen paremmin tutkia.

Työ sujui ripeästi. Muuttoauto ajoi jo pois. Hän kantoi loput tavarat varastoon, jäi sitten varaston ovelle seisomaan. Isä ja Usko ja Jaakko neuvottelivat etupihalla. Siinä parissa laatikossa oli jotain pientä tavaraa, joille hakivat vielä paikkaa. Heikosti kantautui nenään kahvin tuoksua. Hän katsoi noita kolmea vanhaa miestä, ja mietti, että pitäisikö hänen liittyä seuraan.

Miten tuntuikaan aivan siltä, etteivät nuo kolme häntä seuraan kaivanneet.

Hän lukitsi varaston oven, katsoi uudelleen muita ja ajatteli, pitäisikö viedä avain isälle? Pitäisikö isälle myös sanoa jotain, kysellä kuulumisia?

Mitään puhuttavaa ei tullut mieleen.

Hän kääntyi katsomaan maisemaa. Tuuli kuljetti maahan varisseita puiden lehtiä. Se tuntui aika kylmältä tuulelta. Ehkä hän oli huomaamattaan hikoillut, niin että iho pusakan alla oli kostea.

Siinä lähellä oli metsää. Hän tiesi, että metsän poikki kulki polku, jota pitkin pääsisi maantielle, josta kotiin oli enää lyhyt matka. Linnuntietä mitattua isä muutti vain reilun puolen kilometrin päähän hänen asunnosta.

Vielä hän katsoi noita kolmea ukkoa. He eivät olleet vilkaisseetkaan häntä, puhuivat keskenään.

Hän kääntyi ja lähti.

1.

Siinä niitä nyt oli, mansikantaimia siisteissä riveissä. Niitä oli paljon, mansikkapenkit jatkuivat aivan metsänreunaan asti. Osa taimista oli vanhoja, osa uusia. Uudet taimet olivat vielä aivan pieniä, mutta jo niissäkin näkyi paljon valkoisia kukkia. Vanhat taimet olivat suuria, vyöryivät penkkien väliseen vakoon ja sieltä pilkisti jo punaista väriä. Osan vanhoista taimista hän vuoden kuluttua vaihtaisi uusiin. Muutaman vuoden välein niin kuulemma oli määrä tehdä.

Mansikkapenkit kukoistivat, taimet valkoisia kukkia tulvillaan. Sadosta tulisi parempi kuin koskaan. Ja se kaikki oli hänen tekemää. Oikein siinä rinta paisui ylpeydestä.

– Mansikoita perkele, Roope sanoi ääneen, kun se jostain syystä huvitti häntä.

Mansikkamaata ympäröi ruma aita. Se näytti nyt vielä kurjemmalta mitä ennen. Hän muisti, kun oli sitä kevättalvella rakentanut. Apuna oli ollut muuan Junnu Kaakuri, hieman outo nuorukainen lähiseudulta.

Oli liian aikaista, kyllä hän sen itsekin tiesi ja oli jo pariin otteeseen Junnulle asian myöntänytkin. Siitä huolimatta Junnu yhä valitti:

– Routaiseen maahan isketyt tolpat tuskin kovin hyvin pysyvät pystyssä. Vähänkin isompi eläin tätä kesällä ku vähän tönäsee, niin koko aita kaatuu. Hyvä jos pysyy pystyssä juhannukseen, tai edes vappuun asti.

– Älä sinä poika minua ala opettamaan, hän sanoi. – Eläimet ja miksei ihmisetkin, kun näkevät että siinä on aita, kiertävät sen.

– Ei kai eläimet tästä mitään piittaa. Niille tämä aita on vain risukasa, tallaavat nurin. Mitä eläimiä täällä edes kulkee? Minä ole nähnyt ku lintuja.

– Ennen siitä kulki peuroja yhtenään, valkohäntäpeuroja.

– Ei kai peurat mansikoista piittaa.

– Ehkä ei, mutta tallasivat taimet. Mutta ne minä sain hätistettyä pois. Ne kun kulkivat valoisaan aikaan, aamulla ja illalla. Osasin olla valmiina. Ja rusakoita oli välillä paljon.

Junnu katsoi aitaa otsa rypyssä, kysyi.

– Ihmisiä vartenko tämä aita on?

Hän sitten tunnusti Junnulle, että aita tosiaan oli varastelevia ihmisiä varten.

Junnu kokeili viimeksi maahan lyödyn heinäseipään tukevuutta. Juuri nyt se vaikutti tukevalta.

– Kun routa sulaa…, sanoi Junnu.

Hänen piti taas selittää, vaikka ei olisi tahtonut:

– Alkukesällä on niin paljon työtä, saatikka sitten kun marjat kypsyvät. Sitten ei ennätä mitään muuta tekemään, kun poimia ja myydä. Nytkin pitäisi rikkaruohot repiä juurineen maasta. Kasteluletkut pitää kohta vetää valmiiksi ja pelättimet virittää. Syksyllä ennätin sentään lannoittamaan. Joka mansikantaimen ympärille laitan olkia, niin ettei marjat likaannu mullassa. Kaikki pitää saada valmiiksi ennen kuin marjat kypsyvät. Siksi aita on tehtävä nyt.

– Ja tämän aidanko pitäisi pitää varkaat loitolla, sanoi Junnu. – Eivätkös linnut ole pahimpia marjavarkaita?

– Linnuille on pelättimiä. Mutta kyllä viime suvena kävi ihmisiäkin varkaissa. Tuolta metsästä ne viime kesänä tulivat, illalla tai yöllä. Kyllä minä jäljistä näin, että marjoja oli viety. En vaan ketään saanut itse teosta kiinni. Kun pitäähän minun joskus nukkuakin. Kun päivän on pellolla töissä, ei yöllä jaksa varkaita vahtia.

Samassa jo kadutti, että oli tullut kertoneeksi Junnulle varkaista. Mistä hän tiesi, vaikka tuo nuorukainen itse olisi käynyt mansikoita näpistämässä.

– Mutta kyllä on puutavarakin surkeaa, valitti Junnu. – Mistä kummasta tämmösiä oikein saa? En ole huonompia lautoja koskaan nähnyt.

– Sain ne Korholalta ilmaiseksi. Tuolta ladosta kantelin tänne. Olivat vanhan isännän aikaan sinne jääneet. Olivat kai sahanneet puita laudoiksi siinä lähellä. Nämä jäivät kuulemma tähteeksi. Kuten nuo heinäseipäätkin. Eihän niitä heiniäkään nykyään seipäille panna.

– Ei mikään ihme ole, että ovat yli jääneet. Eihän näillä tee mitään.

– Muuten ne kai oltaisiin poltettu jossakin.

Siihen tuo outo nuorukainen sanoi:

– Siitä tulee ilmaan savua. Hiilidioksidia. Reilun kymmenen vuoden päästä Suomen pitäisi olla hiilineutraali. Kaiken fossiilisen polttaminen pitäisi lailla kieltää.

– Sen kun kiellät.

Hänellä ei ollut hajuakaan siitä, mitä tuo omituinen nuorukainen puheellaan tarkoitti.

Työ mansikkamaalla oli edennyt jotenkin niin, että Junnu teki rautakangella reiän maahan ja hän iski reikään heinäseipään niin syvälle kuin mitä jaksoi. Yhdessä sitten naulattiin seipien väliin lautoja niin tiuhaan, etteivät eläimet tai ihmisetkään aidasta läpi pääse.

Kaiken aikaa Junnu valitti jostakin, huonoista laudoista, jotka katkeilivat aikojaan, jäisestä maasta missä heinäseipäät eivät pysyneet pystyssä, liian pienistä tai liian suurista nauloista. Vasarassakin oli jotain vikaa olevinaan, kun ei naulankantaan heti osunut. Rautakanki oli tylsä, ilma tihkusateinen.

Ei mies muutenkaan ollut hänen mieleinen, mutta vähällä rahalla hän ei parempaakaan työmiestä saanut.

Junnu oli siinä kahdenkymmenenviiden ikävuoden hujakoilla. Hiukset olivat pitkät ja niskapuolella oli poninhäntä. Leuassa karvat olivat pitkiä, mutta kasvoivat harvassa. Nuorukaisen olemuksessa oli jotain velttoa, vaikka kyllä hän työstä hyvin suoriutui, silloin kun viitsi yrittää.

Toisinaan mies lopetti työnteon noin vain, ryhtyi kiertämään sätkää. Sätkän joukkoon mies lisäsi jotain ja kun hän kysyi, että mitä mies oikein polttaa, Junnu vastasi:

– Heiniähän minä vaan.

Työ kuitenkin saatiin valmiiksi hyvissä ajoin. Hän maksoi Junnulle palkan. Vielä nuori mies kääntyi katsomaan, mitä oltiin aikaan saatu.

– Kyllä on sitten ruma aita. Siitä takuulla tulee kylälle oikea nähtävyys.

Ei hän itsekään aidasta ylpeä ollut, mutta uskoi että se ajoi tarkoituksen. Hän ajatteli, että jos saa mansikoista oikein hyvän tilin, voi hän sitten rakentaa paremman aidan. Eläkerahat eivät vain kummempaan aitaan nyt riittäneet.

Hän unohti aidan, katsoi mansikantaimia, suoria rivistöjä, jotka jatkuivat metsänreunasta kotipihalle asti.

Hän vain seisoi ja katseli mansikkapeltoa. Se oli hänen elämäntyö, siltä se nyt tuntui. Paljon siinä oli ollut tekemistä ja suunnittelua. Oli pitänyt kuokkia kesantopeltoa, oli pitänyt istuttaa taimia, kitkeä rikkaruohoja, oli pitänyt lannoittaa ja lopulta pitäisi korjata sato. Mansikoista tulisi suuria ja mehukkaita ja niitä tulisi paljon. Koko mansikkamaa olisi jossain vaiheessa punaisenaan mansikoista.

Keväällä, tai oikeammin jo syksyllä, kaikki alkaisi uudestaan, paitsi ettei koko peltoa enää tarvitsi kuokkia. Pitäisi istuttaa uusia taimia vanhojen tilalle, pitäisi lannoittaa, pitäisi kitkeä rikkaruohot sitä mukaa kun niitä esille nousi.

Paljon siinä työtä olisi.

Nyt hän vain katsoi mansikkamaata, ei saanut siitä silmiään irti. Se kaikki oli hänen, koko pieni pelto, jokainen taimi ja jokainen mansikka. Hän oli itse istuttanut joka ikisen taimen, oli kottikärryillä ja lapiolla levittänyt lantaa jokaisen taimen juurelle. Siellä täällä näkyvät rikkaruohokasat, ne olivat hänen tekemiä. Edellisenä kesänä hän oli kuivaan aikaan pumpannut läheisestä purosta taimille vettä, kaikkein kuivimpaan aikaan kastellut taimia aamusta iltaan.

Niin näytti kauniilta nyt. Hyvää multaa ja hevosenlantaa ja sopivasti vettä, siitä se johtui. Mansikankukkia oli paljon, raakileita oli paljon ja marjat, joita edellisenä kesänä oli syönyt, olivat niin makoisia kuin kuvitella saattaa. Sen parempia mansikoita tuskin oli missään. Se oli viljelyä parhaimmillaan. Mitään keinolannoitteita tai torjunta-aineita ei pellolla oltu käytetty. Kaikki oli luonnonmukaista, puhdasta ja herkullista. Ja se kaikki oli hänen tekemää.

Rinta oikein paistui ylpeydestä, mieleen tulvi hyvää mieltä. Siinä hänen edessä avautui työrupeama, hänen tekemä työrupeama.

Ensimmäistä kertaa koko pelto oli nyt käytössä. Kauan siihen oli kulunut aikaa, mutta kaikki maa mitä hän omisti, oli nyt viljelty. Ensin hänellä oli ollut vain muutamia taimia. Vaimo ne oli jostain saanut, istuttanut taimet multaämpäreihin ja samassa unohtanut ne. Oli sanonut, että ovat Senga Sengaa.

Sitä ennen hän ei ollut tiennyt edes sitä, että omisti peltoa palan. Vaimo senkin oli jostain selville ottanut.

Kun hän oli nähnyt, miten paljon uusia taimia yksi vanha taimi teki, oli hän innostunut kääntämään maata, innostunut välillä vähän liikaakin, niin että selkä oli iltaisin ihan oikeasti kipeä.

Hän vasta silloin tajusi, että luontohan oli hyvin antelias, kunhan vain sen anteliaisuutta osasi oikein hyödyntää.

Työ oli alkuun sujunut kuokan ja lapion avulla, mutta oli hän jossain vaiheessa pyytänyt lähistöllä asuvaa maanviljelijää apuun. Hymyssä suin tämä olikin traktorilla kyntänyt pellosta sen osan, jonka vesakko oli täysin vallannut. Eikä mies ollut palkkaakaan pyytänyt, oli vain sanonut, että hän vaimolle toisi vähän mansikoita sitten kun kypsyvät. Montaa minuuttia ei työhön ollut aikaa kulunut.

Vielä oli kulunut kaksi kesää, ennen kuin pellon joka kolkka oli viljelty. Rahaa ei ollut kulunut paljoakaan, mitä nyt Junnulle oli palkan maksanut. Muutaman taimen oli edellisenä kesänä ostanut lisää, muut taimet olivat kaikki hänen itsensä jakamia. Läheiseltä hevostilalta hän oli saanut lantaa miltei ilmaiseksi. Kasteluletkuista ja pumpusta oli jonkun euron maksanut. Muut työkalut olivat isoisän peruja.

Muutoin kaikki oli silkkaa työtä, hänen tekemää työtä. Hän oli siitä ylpeä, ylpeämpi kuin mistään palkkatöistä mitä oli vuosien saatossa tehnyt. Pian olisi aika saada työstä ensimmäinen kunnon korvaus.

Ilmatkin olivat pysyneet kauniina ja lämpimiä koko alkukesän ajan, ilmat oikein hellivät mansikoita. Vain se vähän huoletti, että jos aurinkoisia päiviä jatkuisi kauan, läheinen puro ehkä kuivuisi.

Mutta nyt mansikat kasvoivat ja kypsyivät punaisiksi ja mehukkaiksi. Sen hän näki paljaalla silmällä. Kun vain hetkenkin oli poissa mansikkapellolta, näki heti, miten punainen väri pellolla oli lisääntynyt. Samaa tahtia nousi riemu rinnassa.

Ajatus keskeytyi naurunremakkaan. Metsänreunassa, aivan lähellä mansikkamaata, seisoskeli iso joukko ihmisiä. Kun katsoi tarkemmin, tajusi hän, että olivat kai pakolaisia läheiseltä vastaanottokeskuksesta. Heitä oli yli puolentusinaa, miehiä ja naisia. Metsän suojassa heitä kai oli lisää. Jollekin he nauroivat ja joku heistä osoitti etusormella mansikkamaata.

Samassa joukko jo katosi metsään.

2.

– Pitäisikö tuolle mansikkatarhurille jotain ilmoittaa, sanoi Lauri Ahonreuna.

– Mikä tarhuri se nyt muka…, sanoi Sulo. – Mutta ei. Ei, ei sille eikä kellekään muullekaan puhuta mitään.

Lauri jäi katsomaan maisemaa, sanoi:

– Se tässä nyt huolettaa, että jos ei se eläin yhdellä laakilla kuolekaan. Ne on pirun sitkeitä, villieläimet. Jos haavoittuneena juoksee vielä ties kuinka pitkälle, niin onhan sen perään mentävä ja lopetettava sen kärsimykset. Siinä voi jo olla isompi väkijoukko katselemassa, kun juostaan pitkin….

– Ei se minnekään juokse, väitti Sulo. – Kun ampuu ensin lapaluun kohdalta kohti sydäntä, niin se putoaa polvilleen, vaikka ei kuolisikaan. Sitten ampuu toisella kertaa päähän. Kyllä minä nämä hommat osaan, ei vain itsellä käsi pysy vakaana. Ampuisin muuten itse. Eikä näkökään ole entisensä. Se on tämä kirottu vanhuus.

Lauri jäi katsomaan vanhaa miestä, Suloa. Mies oli muinoin ollut mies parhaasta päästä, mutta siitä oli kauan. Sulo oli parhaat vuotensa viettänyt armeijan palveluksessa, ja vaikka ei vääpeliä kummemmaksi

ollut ylennytkään, ei se ainakaan ruumiinvoimista joh-
tunut. Vielä eläkkeellä ollessaankin mies oli samoillut
metsissä peninkulmien matkoja. Mitä kaikkea lienee-
kään siellä tehnyt, sitä ei kai tiennyt kukaan, paitsi
Sulo itse. Metsästänyt mies ainakin oli, se kylällä
tiedettiin. Mutta oliko kalastanut, oliko sienestänyt tai
marjastanut? Kaikki jäljet ja juorut loppuivat, kun mies
jäi armeijaan vakinaiseksi, muutti ensin kaupunkiin,
myöhemmin mihin lie korpimetsään. Oli palanut syn-
tysijoilleen vasta nyt tutisevana vanhuksena.

Kun Sulo oli ehdottanut hänelle, että yhdessä
kaadettaisiin hirvi, tai ainakin peura, oli hän ollut
vastahakoinen. Ja oli sitä vähän vieläkin. Itse hän ei
ollut ikinä metsästänyt mitään, mutta kun kertoi siitä,
Sulo sanoi, että se oli vain hyvä asia.

– Teet kaiken niin kuin minä sanon, niin hyvin me
pärjätään. Et yritäkään mitään muuta. Teet vain juuri
niin kuin minä sanon.

Sulon sanomana se kuulosti niin helpolta, mutta…
Muistissa oli jotain pieniä tapauksia, jolloin oli sekaan-
tunut muiden ihmisten puuhasteluihin ja niistä hän oli
joutunut vastaamaan yhtä lailla kuin asianosaisetkin.
Silloinkin kun tarkoitus oli ollut vain auttaa jotakuta
tuttua, oli kyläyhteisö saanut hänet tuntemaan
itsensä pahantekijäksi.

Mutta hirven kaato, jopa salakaato, se kai oli
Sulolle tuttua puuhaa. Ei Sulo tuntunut pitävän

sellaista rikoksena edes, eikä tosin hän itsekään. Mitä se tuntui luonnon suuressa ruoka-aitassa, jos mies itselleen silloin tällöin sieltä lihaa nouti. Noutivathan sieltä lihaa ne muutkin, metsästäjät, metsästysseurojen jäsenet, jotka myöntelivät kaatolupia toinen toiselleen. Niin Sulo sen hänelle oli selittänyt ja siihen hän oli taipuvainen uskomaan. Mutta laki...?

Nyt oltiin lähdössä laittomille poluille.

– Jos tähän nyt ryhdytään, niin pitää se kyllä ensin suunnitella, hyvin tarkasti suunnitella kaikki, Lauri sanoi. – En haluaisi syytettä salakaadosta. Se pitää aikaisin aamulla ampua, ja piilottaa päiväksi. Ei täällä passaa päivän valossa kävellä hirvenreisi olkapäällä. Se pitää paloitella jossain, kantaa yön pimeässä kotiin. Voihan sitä repussa tietysti jonkun kilon... Mutta ajattelin, että tuo lato.

Hän vasta nyt huomasi, että alkoikin jo vähän innostua asiasta. Jokin vietti veti häntäkin metsälle ja saalistamaan, vaikka ei sellaista ikinä ennen ollut tehnyt. Mutta olihan hänellä nyt oppaana Sulo, mies, joka oli sitä harrastanut ikänsä ja mies, jota hän oli lapsena ja nuorena jollain tapaa ihaillut.

– Jos olisin nuorempi, tekisin kaiken itse ja yksin, sanoi Sulo. – Kyllä minä niitä ruhoja nuorena kantelin joskus matkojenkin takaa, hirviä ja muita. Siellä Lesomaalla sain hirvipaistia aina kun vaan halusin. Ammuin niitä joskus keittiön ikkunasta, sitten myöhemmin, kun tuo jalka vihotteli. Siihen ne kaatu vuorollaan kaikki, hirvet ja jänikset ja kanalinnut. Jonkun kerran sain peurankin kaadettua, vaikka niitä ei siellä pahasti ollut. Täällähän niitä valkohäntäpeuroja olisi ylen määrin, sen kun vaan tappaa ja syö. Ja rusakoita on ihan mahottomasti. Nuorempana minun ei tarvinnut koskaan kaupoista lihaa ostaa. Kaikki liha mitä tarvis oli, se käveli ikkunan alle kiltisti. Siellä Lesomaalla, lähin naapuri oli kilometrien päässä. Tai olihan siinä kyllä joku autiomökki lähempänä, mutta ei siitä tarvinnut piitata. Mutta minkäs täällä teet. Naapureita on joka puolella niin lähellä. Tuolla rivitalossa ei voi edes pieraista niin ettei naapuri huomaa.

Lauri sanoi:

– Nehän tuolla mansikkamaalla käyttää sitä pelätintä, joka säännöllisin väliajoin pamahtaa. Se kai pelästyttää linnut ja rusakot. Hirven voisi ampua silloin, kun muutenkin pamahtaa.

– Mutta eihän se yöllä toimi, väitti Sulo. – Pitäähän ihmisten saada nukkuakin.

– Mutta jos aamuvarhaisella heräävätkin kiväärin laukaukseen, luulevat ehkä, että mansikkatarhuri se siellä jo virittää laitteitaan.

– Harmi että se Lesomaan mökki piti myydä, sanoi Sulo. – Mutta kun ei sillä mitään muuta virkaa enää ollut. Enkä minä sinne enää jalkaisin oikein jaksanut, melkein tiettömän taipaleen taakse. Siellä kun voisi vielä...

– Kyllähän täälläkin eläimiä on, kun vaan arvaisi ampua, sanoi Lauri. – Olen minä ikkunastani monesti nähnyt. Harva se aamu peurat tulivat melkein minuutilleen tuolta jostain. Tai ei minuutilleen, kun kerran liikkuvat auringon mukaan. Keskikesällä kulkivat varhemmin, syksyllä ja keväällä myöhemmin. Tuolta tulivat ja tuonne menivät. Ei niillä kiirettä ollut. En tiedä mitä söivät pellolta, mutta puolisen tuntia kulkivat tuota pientä matkaa. Sitten kun tuo mansikkatarhuri alkoi mansikoita kasvattamaan, sitten ovat kai kiertäneet tuolta metsän puolelta. Sinne en oikein hyvin ikkunastani näe. Minähän asun kotitalossa vielä. Kun äiti kuoli, niin minä muutin ullakolle asumaan. Ullakon ikkunasta näkee pitkälle. Itse talon vuokrasin Ruittulan pariskunnalle. Ne on eläkkeellä. Minä olen samalla siinä niin ku talonmiehenä ja auttelen vähän muutenkin. Ne kun on aika rikkaita.

Sulo vain tuijotti aivan ilmeettömänä. Pani epäilemään, että kuuliko tuo vanha mies muita kuin metsästystä käsitteleviä juttuja.

– Eksy niitä peuroja joskus tuonne mansikkamaallekin, sanoi Lauri. – Mutta ei kai ne siellä muuta tehneet, kuin että yli kulkivat. Paitsi jos tuo mansikkatarhuri ne näki, niin se ajoi ne tiehensä. Olen minä hirviäkin joskus nähnyt, mutta ihan satunnaisesti silloin ja toisen tällöin. Ne ei kai kulje yhtä säännölliseen kuin peurat.

– Kelpaisi se peurapaistikin, sanoi Sulo.

He olivat jutellessa päätyneet mansikkapellon laitaan.

– Tuo aita, tuo on kyllä ihan yliveto, sanoi Lauri. – Katso nyt tätäkin lautaa, ei siinä ole juuri muuta kuin kaarnaa jäljellä. Kumma että pysyy edes pystyssä. Miten se näin ruman aidan keksikin rakentaa?

– Sai puutavaraa jostain halvalla, eli ilmaiseksi, sanoi Sulo. – Kaipa se eläimiä pitää loitolla, ja sitähän varten se kai onkin. Tuonne pellolle se olisi helppoa kaataa, hirvi tai peura. Täällä metsässä väijytään ja pellonlaitaan ammutaan se.

– Se vaan, jos joku näkee.

– Ei kukaan mitään näe, ku ollaan varovaisia. Yksi laaki vaan, sitten viedään äkkiä lihat piiloon.

– Mennäänkö välillä kaffeelle ja mietitään, sanoi Lauri.

3.

Miesten kadottua metsään kului vain kotvanen, kun Roope Vasarainen kiirehti jo paikalle. Hän jäi katsomaan metsää ja aitaa. Missä olivat hahmot, jotka hän oli nähnyt? Paikalla ei näkynyt ketään. Jostain kuului ääni, kun joku kone käynnistyi jossain kauempana. Se ääni vaimeni nopeasti.

Siinä oli aita ja siinä mansikkamaa, aivan samanlaista kaikkialla ympärillä. Ei aita sillä kohden näyttänyt sen kummemmalta kuin muuallakaan.

Se oli ruma ja huono aita, hän myönsi itsekin. Pani miettimään, että tulivatko ihmiset varta vasten aitaa katsomaan, kun eivät missään huonompaa olleet nähneet. Aita oli jo monin paikoin sortunut. Osin routaiseen maahan juntatut tolpat olivat kai kaatuneet itsekseen. Mutta oli myös paikkoja, missä hirvet tai peurat olivat työntäneet aitaa nurin, päässeet siitä mansikkamaalle taimia tallaamaan.

Isojen eläimien jälkeen tulisi pienempiä eläimiä, ainakin rusakoita, hän tiesi kokemuksesta. Kun oli vasta aloittamassa mansikan viljelyä, oli joinain aamuina mansikkamaa tuonut mieleen eläintarhan.

Hetkeksi hän unohti aidan, katsoi mansikkamaata. Mansikantaimet kukoistivat. Sadosta tulisi parempi kuin koskaan. Joskin siellä aivan metsänreunassa, taimet olivat pienempiä kuin muualla. Kai metsän puut levittivät juuriaan mansikkamaalle, veivät ravinteita mansikoilta. Jos metsä olisi hänen, hän kaataisi isoimmat puut mansikkamaan läheltä, ehkä myös kaivaisi ojan pellon ja metsän väliin.

Nyt hän ei sille asialle mitään mahtanut.

Mutta jo pari metriä kauempana mansikat kukoistivat. Näky siltä suunnalta katseltuna oli ehkä vieläkin kauniimpi kuin kotipihalta nähtynä. Viivasuoria mansikkapenkkejä koko sillä alueella mitä hän maata omisti. Ja mansikkamaan takana hänen kotimökki, sauna ja liiteri ja vaja, kaikki punamullalla maalattuja. Niin oli näkymä kuin postikortissa ikään.

Toki hän tiesi, että lähempi tarkastelu näyttäisi rappion jälkiä. Joka paikkaa pitäisi korjata, mutta rahaa ei ollut.

Yhdeltä reunalta mansikkamaa päättyi kartanon peltoon, jota joku vuokraviljelijä hoiti. Jotain viljaa pellolla nytkin kasvoi, mutta ei hän tiennyt oliko ohraa, kauraa, ruista vai vehnää. Sen pellon halkaisi kapea, kylälle johtava kiemurainen maantie. Se kulki yhdeltä kohtaa läheltä hänen mansikkamaata.

Toisella puolella asui pariskunta kahden lapsen kanssa. Ei hän heitä tuntenut, näki toki usein, kun mies lähti aamulla autolla töihin, tai kun palasi töistä kotiin. Sillä tontilla kasvoi paljon pieniä, villejä lehtipuita. Ainoastaan talon seinänvierellä oli jotain istutuksia.

Yksi mansikkamaan sivu kasvoi metsää. Metsä oli aina jäänyt hänelle vieraaksi. Ei hän metsää pelännyt, ei vain tiennyt mitä siellä tekisi. Kun alkoi mansikoita viljelemään, metsä tuntui kuin vihollisalueelta. Metsä oli varkaiden tyyssija. Sieltä tulivat mansikkavarkaat mansikkamaalle syömään mansikoita suut sylkeä valuen. Metsässä oli piilopaikkoja liiankin kanssa. Ehkä metsässä nytkin monet silmäparit tähyilivät mansikkamaata, monet kuonot nuuskivat ilmaa, haistaisivat heti kun marjat olisivat kypsiä. Kai metsän kautta tulivat myös ihmiset varkaisiin. Jos ne tulisivat muualta, hän olisi ne joskus nähnyt.

Metsässä vorot odottivat, että pääsevät syömään mansikoita, hänen mansikoita.

Kaikki eläimet, joita hän oli nähnyt mansikkamaallaan, ne tulivat vasta päivänvalossa paikalle, joskus tosin hyvin varhain aamulla. Silloin hän ne monesti ikkunastaan näki, ennätti pelottamaan eläimet pois ennen kuin ne isompaa vahinkoa saivat aikaan.

Olisi luullut, että öisin mansikat olisivat turvassa, eiväthän lepakot tai pöllöt mansikoita syö. Ehkä jotain pieniä jyrsijöitä mansikkamaalla kävi öisinkin.

Mutta edellisenä kesänä mansikoita oli kadonnut juuri öisin. Juuri tuo osa mansikkapeltoa, joka sijaitsi lähellä metsää, oli noukittu melkein tyhjäksi hänen

nukkuessa. Se ei voinut olla hiirten tai myyrien aikaan-
saannoksia. Joku ihminen siellä oli käynyt. Löysi hän
paikalta joskus tossunjälkiä, arvasi siitä mikä peto
hänen mansikoita kävi syömässä.

Vihollinen tuli aina metsästä, sen hän oli huoman-
nut miltei saman tien, kun mansikoita viljelemään
alkoi. Metsästä tulivat ja metsään pakenivat. Peurat ja
rusakot ainakin. Niiden tulon ja menon hän oli
monesti nähnytkin. Metsän kautta tulivat myös ihmi-
set mansikkavarkaisiin. Pimeässä metsässä vorot
olivat hyvin piilossa. Metsässä hän ei voroja koskaan
ollut nähnyt, mutta pystyi päättelemään jotain jäljistä.

Metsästä tulivat ja metsään katosivat. Metsä oli
vihollisten tyyssija.

Hän katsoi metsää, ei tahtonut metsään mennä,
mutta ei sitä mielestä poiskaan saanut. Jos hänellä
oikein paljon valtaa olisi, hän pommittaisi koko met-
sän silpuksi. Yksikään mansikoita havitteleva voro ei
metsässä hengissä selviäisi.

Hän käänsi metsälle selkänsä, katsoi taas mansik-
kamaata, omaa valtakuntaansa. Kun näki vaimonsa
pihalla, päättikin palata takaisin kotiin.

– Taas siellä jotain hiippailijoita kulki, tuolla met-
sänlaidassa, hän kertoi vaimolle heti kun lähelle
ennätti.

Vaimo ei tuntunut kuulevan, tutki pyykkikorin sisäl-
töä.

Hän jatkoi kovemmalla äänellä:

– Tutkailevatko siellä mansikoita jo. Tutkivat, että milloinka on kypsiä ja jotta milloinka varkaisiin pääsee.

– Ei kai ne sinun mansikkasi kenellekään niin tärkeitä ole, vastasi vaimo. – On niitä marjoja paljon muuallakin.

– Kyllä vaan siellä viime suvena joku varkaissa kävi. Kävi useaan otteeseen. Etsiikö jo nyt valmiiksi reittiä, mitä pitkin pimeässä osaa kulkea.

– No kulkeehan siellä muitakin ihmisiä, sanoi vaimo. – Oikopolkuhan kulkee siitä ihan läheltä kylälle. Olen minäkin sitä nuorempana kulkenut. Ja kulkeehan siellä eläimiäkin, hirviä ja peuroja. En tiedä mitä syövät, mutta kai ne syövät mansikoitakin. Ja rusakoita siellä kulkee. Linnut ne kuulemma pahimpia marjavarkaita on, ne rastaat. Linnunpelättimiä sinun pitäisi tuonne väsätä.

– Ihmiset ne pahimpia varkaita ovat, sanoi Roope. – Eikä niistä variksenpelättimistä mihinkään ole. Ne pitäisi saada liikkumaan ja huitomaan käsillä. Niin ne voisivat toimia. Nyt linnut nauravat niille. Mutta lin-nuillehan minulla on pelätin. Se on tuo pamahtava vekotin, joka puolen minuutin välein pamahtaa niin että kuulostaa aivan pyssyn ääneltä. Sitä pelkäävät niin isot kuin pienetkin eläimet. Joitain ihmisiä se kai vähän häiritsee. Mutta kyllä vaan ihmiset niitä pahimpia varkaita on. Ne on niin ovelia, ettei niitä pysäytä mikään.

– Kai nyt ihmiset tekevät isompaakin syntiä, kuin mansikkavarkaus.

– Kyllä minusta pahimpia roistoja ovat juuri mansikkavarkaat, väitti Roope. – Semmoset varkaat vievät toisen pienistä, vaivalla saaduista tuloista osan. Eivät mahda vorot ymmärtää, minkälainen työ on raivata kesantopelto viljelysmaaksi. Ryöstäisivät mieluummin pankkeja. Sieltä saisivat suuremman saaliin, eikä kukaan kummemmin kärsisi. Minä huomenissa tutkin tuon aidan, ja korjaan jos missä rakoja on. Korjaan sen niin hyvin mitä osaan. Mutta ei se kyllä ihmisvarkaita pidättele.

4.

Hän korjasi aitaa, junttasi tolpat entistä tukevammin maahan kiinni. Hyvin ne sulaan maahan upposivatkin. Vielä hän asetti löytämiään kiviä tukemaan tolppia, naulasi irronneet laudat paikalleen.

Aina kun keskeytti työnsä, hän jäi katsomaan metsää. Jossain siellä hänen mansikoita vaani eläimien lisäksi pedoista pahin ja viekkain, ihminen.

Kun aitaa korjatessaan ennätti metsänreunaan, huomasi hän heti, että maassa oli paljon ihmisten jättämiä jälkiä. Siinä oli selvä tossunjälki, tuossa tupakantumppi. Ja menihän siitä oikein pieni polku, hädin tuskin silmin havaittavissa oleva pieni polku.

Hän seurasi polkua. Se jatkui vain pienen matkaa, yhtyi paljon isompaan polkuun. Se kai oli Reetan mainitsema oikopolku kylälle. Itse hän ei koskaan ollut sitä kautta kulkenut.

Metsä ei viekoitellut häntä nytkään ja hän palasi työhön.

Mutta aita näytti metsän reunalla ehjältä. Tolpat olivat kallellaan eri suuntiin, mutta olivat kaikki pystyssä. Missään ei näkynyt semmoista rakoa, mistä joku oravaa isompi mahtuisi mansikkamaalle kulkemaan.

Hän katsoi aitaa ja mietti, että mikä olento se pääsi aidan läpi niin, ettei pahasti jälkiä näkynyt.

Ihminen, hän vastasi itselleen. Helpostihan ihminen löytää niin heikosta aidasta heikon kohdan, varsinkin jos päivänvalossa käy paikkaa tutkimassa. Helposti ihminen tekee aitaan ihmisen mentävän aukon, pääsee sisäpuolelle ja lähtiessään korjaa aidan niin ettei mitään jälkiä näy. Ei ihminen tarvitse avukseen kuin vasaran, repii pari rimaa irti niin hellästi, että saa ne helposti takaisin paikalleen.

Eläimet eivät siihen pysty.

Hän käveli aidanviertä metsänreunassa päästä päähän ja sitten takaisin, mutta ei löytänyt kohtaa mistä joku ihminen olisi mansikkamaalle kulkenut.

Mutta eipä vielä ollut aikakaan. Kukapa raakoja mansikoita tai mansikankukkia varastaisi.

Kun näki Junnu Kaakurin askeltavan oikopolulla kylälle, hän jäi katsomaan miehen perään. Junnun hän oli varhain keväällä palkannut töihin aitaa rakentamaan, kun tuntui ettei yksin ennätä kaikkea tekemään. Auliisti mies kyllä oli heti työhön suostunut, mutta sanonut, että verottajaa ei sitten asiaan sotketa. Ja oli mies töitäkin tehnyt ihan ahkerasti, silloin milloin sille päälle sattui.

Enää toiste hän ei Junnua töihin palkkaisi, ei vaikka apua tarvitsisikin. Mies oli selvästi epäluotettava. Yhtenä päivänä mies oli lemahtanut kaljalle heti aamusta. Ja näkihän tuon jo ulkomuodostakin. Yllään sillä oli nytkin kauhtunut t-paita ja kuluneet farmarit, kai vähän likaisetkin. Jaloissa lenkkitossut, joilla oli kävelty jo aivan liikaa, haisivatkin takuulla ties mille. Leuassa törrötti sentin mittaisia karvoja, hiuksissa ponihäntä.

Puhuivat kylällä, että Junnu muka olisi jonkinlainen luonnonsuojelija. Mitähän moinen mies suojelemaan pystyi?

Aitaa rakentaessa nuori mies olisi kai helposti pystynyt järjestämään itselleen reitin, mitä kautta mansikkamaalle pääsisi pimeässä kenenkään huomaamatta. Jättäisi vain muutaman naulan lyömättä, tai jättäisi ne niin löysälle, että laudat saisi vetämällä irti.

Mutta miksi Junnu mansikkavarkaissa kävisi? Ei tämä vaikuttanut mieheltä, joka mansikoiden takia mitään vaivaa näkisi. Pienestä rahasta mies toki sen voisi tehdäkin.

Hän jatkoi korjaustöitä, mutta tajusi jo työtä tehdessään, että kovin hyvä aidasta ei siltikään tulisi. Tuntui, että aidan voisi vaikka kova tuuli kaataa.

Kun vain saisi mansikoista hyvän tilin, hän rakentaisi oitis paremman aidan, vaikka heti syksyllä.

Seuraavaksi polkua kulki ohi vähän isompi ryhmä ihmisiä. Hän tiesi keitä nuo ihmiset olivat, vaikka ei koskaan heitä ollut niin läheltä nähnyt. He kaikki olivat tummaverisiä, oli joukossa selvästi joku afrikkalaissyntyinenkin. Taisi olla sama lauma, jonka nauruun oli aikaisemmin havahtunut.

Mutta miksi he kaikki tuijottivat häntä. Vai tuijottivatko he aitaa ja aidan takana olevia mansikoita?

Tuo ihmisjoukko näytti laumalta, jota ei aita pidättelisi. Hän oli uutisissa nähnyt, miten ihmiset tulivat merten takaa pienellä, vuotavalla veneellä. Sellaisen kokemuksen jälkeen aidan kaato tuntuisi takuulla helpolta työltä.

Hän asteli aitauksen sisäpuolelle, viipyi mansikkamaalla kauan, vaikka ei sieltä mitään tekemistä keksinyt. Hän vain käveli sinne tänne, katseli mansikantaimia. Hän oli jokaisen taimen itse istuttanut, oli jokaiselle taimelle antanut hevosenlantaa, oli jokaisen taimen kastellut, oli perannut rikkaruohot pois. Sen kaiken hän oli tehnyt itse ja ihan yksin.

Se tuntui oudolta mutta hyvältä.

5.

Se oli kai vanha reki, jonka jalaksien alle oli liitetty pienet pyörät. Se oli surkean näköinen kapine, mutta Sulo esitteli sitä kuin suurtakin keksintöä.

– Siihen kun vierittää ruhon, niin mönkijä jaksaa vetää saaliin vaikka minnekä asti. Peura kulkee kuin tyhjää vaan, mutta hirvenruhoa toinen ehkä joutuu avittamaan.

Oltiin Poutumaan tontilla. Ympärillä oli paljon sekalaista rojua, enimmäkseen autoista peräisin. Olipa siellä kaksi autoakin riisuttuina, vain runko jäljellä. Autotallissa oli jonkinlainen paja. Ei Lauri käsittänyt sitä, että mitä siellä oikein tehtiin.

– Tämä reki viedään tänään sinne metsään, sanoi Sulo. – Vaikka sen ladon taakse piiloon.

Lauri vain nyökkäsi. Hän ihmetteli taas uudelleen sitä, miksi oli nuorena ihaillut Suloa. Toki Sulo kulki aivan omia polkujaan, mutta olivatko nuo polut muka jotenkin parempia kuin hänen käyttämät polut?

Paikan isäntä itse pysyi näkymättömissä. Vain kerran näkyi, kun verhoa raotettiin. Se kesti vain sekunnin. Mies ei kai tahtonut olla missään tekemisissä heidän kanssa, ehkä arvasi millä asioilla liikuttiin ja pelkäsi, että joutuisi itsekin lain kanssa tekemisiin.

Mönkijän perään oli hitsattu kiinni koukku. Siihen reki saatiin helposti kiinni. Matka metsään ja ladolle sujui nopeasti. Tuntui, ettei kukaan heitä ehtinyt havaita.

Lauri oli viime aikoina huomannut viihtyvänsä metsässä, kerta kerralta paremmin. Hän oikein odotti, että pääsi Sulon kanssa suunnittelemaan öistä metsästysretkeä. Sulo ei häntä useinkaan häirinnyt. Hän sai vain olla ja nauttia maisemista, kuunnella lintujen laulua. Nytkin Sulo kulki ladolta suoraan metsään mansikkamaata katselemaan, jätti hänet oloihinsa.

Juuri näistä hetkistä hän piti, olla aamuyöllä metsässä, kun ihmisiä ei ollut liikkeellä. Hän tunsi silloin olevansa oman itsensä herra. Vaikka tunne heti takaisin kylälle kulkiessa häipyikin, se jäi hyvänä mielenä jonnekin takaraivoon. Se kuin odotti uutta reissua metsään.

Nytkin häntä häiritsi vain tuo Sulo ja tietoisuus siitä, että joutuisi kai ampumaan jonkun eläimen kuoliaaksi. Se toi synkän pilven seikkailun ylle. Voisipa tuo retken tehdä ilman ampumista, ilman tappamista ja ruumiin silpomista.

Mitään seikkailijan aineksia hänessä ei ollut, hän kyllä tiesi sen itsekin. Hänelle riitti se, että oli oma pehmeä vuode missä nukkua yöt, oma hella missä lämmittää ruokaa, oma kahvinkeitin missä aamuisin valmistaa kahvia. Ei hän muuta kaipaillut. Nuo lyhyet retket lähimetsään Sulon kanssa olivat vain piristäviä välipaloja. Muulloin kun hän ei tahtonut päästä lähikauppaa tai kyläbaaria kauemmaksi. Ei vain tullut lähdettyä.

Nyt häntä huolestutti vain saaliin kaato. Hän ei ollut ikinä mitään elävää ampunut, eikä olisi halunnut sitä tehdä nytkään. Miltä se mahtaisi tuntua, kun näkisi hienon, uljaan eläimen kuolevan?

Se tuntui pahalta jo kuvitelmissa.

Hän ei ollut ollenkaan varma siitä, pystyisikö hän ampumaan eläimen.

Hänen puolesta Sulo saisi itse kaataa peuran tai hirven. Hän kyllä ihan mielellään toimisi apumiehenä, kantaisi lihoja, työntäisi pulkkaa, auttaisi kaikessa missä vain pystyisi. Vai tuo itse tappaminen tuntui pahalta.

Hetken aikaa Sulo oli metsässä hyvin näkyvissä ja Laurin katse pysähtyi tuohon vanhaan mieheen. Sulo oli ollut naimisissa ja yhden oli lapsenkin tehnyt. Se tuntui vähän oudolta. Sulo ei alkuunkaan vaikuttanut perheenisältä, oli pikemminkin perheenisän vastakohta.

Itse Lauri oli aikuisena elänyt yksin. Ei hän oikein tiennyt mistä se johtui. Oli hän nuorena kulkenut neitokaisten perässä kuten muutkin nuorukaiset, mutta oli sen kai tehnyt siksi kun muutkin niin tekivät.

Oli hän saatellut neitokaisia kotiin ja oli viihtynytkin monen seurassa aivan hyvin. Mutta kun tulivat tutuiksi, ei enää viihtynytkään.

Oliko hänelle Sulon kanssa käymässä samoin. Hänen nuorena ihailemansa Sulo oli tullut liian lähelle ja olikin nyt vain vanha, ilkeä ukko, joka ajatteli vain ruokaa ja omaa napaa.

Niin pitkälle mitä muisti, aina joku oli häntä komentamassa, milloin työhön, milloin pahantekoon, milloin johonkin reissulle, milloin mihinkin.

Ei hän ymmärtänyt sitäkään, miksi aina totteli. Miksi hänet oli niin helppo suostutella touhuihin, joista ei pitänyt. Sulo oli puhunut hänet ympäri minuutissa puuhaan, josta hän ei mitään tiennyt, ei tiennyt edes sitä, halusiko mukaan salakaatoon.

Jos kotona olisi samanlainen komentelija, se kai olisi jo vähän liikaa.

Itse hän aika ajoin söi pelkästään kasviksia ja kalaa. Siihen lääkäri oli häntä neuvonut korkean kolesterolin takia. Ei hän tiennyt mitä tekisi, jos saisi kotiinsa kilokaupalla hirvenlihaa. Pystyisikö hän syömään sitä ollenkaan.

Toki vielä teki monesti mieli oikeaa liharuokaa, läskisoosia, karjalanpaistia, hernerokkaa isoine läskipaloineen. Ja jos oikein kova nälkä oli, ei mikään vetänyt vertoja läskille. Siinä lajissa hänen suosikki oli ylikypsä kylkipala. Sellainen läskinen lihapala katosi suusta

mahaan miltei pureskelematta, oli se niin suussa sula-
vaa ja vei nälän hetkessä.

Mutta nyt hän taas oli suostunut puuhaan, josta ei
itse välittänyt. Johtuiko se siitä, kun ei yksin päässyt
lähikauppaa tai kylän keskikaljabaaria pidemmälle.
Pienessä asunnossaan hän oli viettänyt yli kaksikym-
mentä tuntia joka päivä jo vuosikymmenten ajan.
Oliko sekään oikeaa elämää?

Oli hän joskus tajunnut, että hänenlaisia miehiä
kutsuttiin peräkammarinpojiksi ja että tuo nimitys oli
pilkkanimi. Ei se kuitenkaan loukannut häntä.

Joskus hän oli kioskilla tai baarissa kuunnellut
muiden ihmisten puheita ja tajunnut, että useimmat
ihmiset suunnittelivat elämää päiviksi, viikoiksi,
kuukausiksi, vuosikausiksi, jopa vuosikymmeniksi
eteenpäin.

Hän suunnitteli aamuisin vain sen, mitä sen päivän
aikana tekisi. Siihen suunnitelmaan sisältyi yleensä
vain se, mitä ruokaa kaupasta ostaisi, miten ostok-
sensa ateriaksi valmistaisi.

Hän ajatteli, että johtuiko kaikki siitä, kun hänellä
ei ollut mitään tavoitteita, ei ollut koskaan ollut, eikä
sellaisia keksinyt, ei vaikka joskus yrittämällä yritti
keksiä.

Oli hän välillä jotain pieniä aikoja ollut töissä raken-
nuksilla apumiehenä. Mutta kovin vastenmieliseltä
työ oli tuntunut. Se oli ollut raskasta ja likaista ja

karkeaakin. Ei hän sellaista elämää itselleen halunnut. Mutta ei hän toisaalta tiennyt, minkälaista elämää kaipasi.

Nyt kaikki tuntui olevan jo vähän myöhäistä, ikää kun oli jo reilusti yli kuusikymmentä vuotta. Samalta oli tuntunut myös viisi- ja neljä- ja kolmekymppisenä. Myöhäiseltä.

Sulo tuntui olevan valmis paluumatkalle.

No, hän auttaisi Suloa saamaan paistin, sen jälkeen ei olisi tämän kanssa missään tekemisissä.

6.

– No nyt siellä meni taas niitä ihmisiä ohi, Roope sanoi.

Vaimo ei tuntunut tajuavan, sanoi:

– Mitä niitä ihmisiä? Missä?

– Niitä pakolaisia. Sieltä keskuksesta. Menevät tuolta metsän kautta. Mitä ne sieltä kulkevat? Syyriastako ne ovat vai Irakista vai mistä? Olihan siitä uutisissakin juttua. Mutta oli siellä joukossa joku ihan musta ihminenkin. Mitä ne tuolta metsän kautta menevät?

– Jos oikaisevat sitä kautta kylälle.

– Ei se nyt ainakaan oikaise yhtään, Roope sanoi. – Kiertolenkin tekevät, että pääsevät mansikkamaan lähelle. Jos käyvät jo katsomassa, että kuinka pian marjat kypsyvät. Niillä on jokin pakolaiskeskus vain muutaman kilometrin päässä. Sieltähän nuoret, riuskat miehet helposti kävelevät yöllä mansikkavarkaisiin.

– Mitä ne sinun mansikoista? Luulisi, että on niillä isompiakin huolia.

– Mistä sen tietää mitä ne tekevät. Jos ovat kotimaassaan tottuneet siihen, että kaiken mitä löytää saa syödä. Syövät kai ne mustikoita. Ja kuule, Pirkainen oli kertonut, että viime syksynä napsivat omenoita siitä tien varrella olevasta puusta.

– Napsivathan siitä omenoita kaikki muutkin, kaikki joille vähänkin kelpaa. Niin läheltä maantietä ei kyllä pitäisi mitään syötävää kerätä. Niissä autojen pakokaasuissa, niissä on semmoista myrkkyä, että voi vaikka henki lähteä. Autot, bensa- ja dieselautot pitäisi jo pian lailla kieltää.

Hän arvasi, että tuon viimeisen lauseen vaimo oli oppinut Junnulta.

– Se Junnu Kaakurikin kulki ohi. Mitähän sekin sieltä kautta kulkee.

– Kulkee samaa oikopolkua mitä muutkin.

– Ja mikä oikein on tuo Junnu miehiään, se ei minulle ole selvinnyt. Ei se ihan normaali voi olla, kun ei kerran säännöllisesti töissä käy. Eikä kai oikein mitään harrastakaan. Riski terve mies, mutta selvästi työtä vieroksuva. Aika outo nuorukainen.

– Outohan sinä olet itsekin. Tai olit ainakin nuorempana.

– Mutta mitä se yhtenään kylällä kulkee. Ja reppu sillä oli selässä. Viekö se repussa keskikaljaa kotiinsa? Muuta se ei taida tehdäkään. Tai tekee se jotain viiniä. Niin se itse kerto. Pitäisikö siihen metsänreunaan tehdä parempi aita? Semmoinen aita, ettei mikään tule siitä läpi, ei eläin eikä ihminen. Tekisi vaikka jostain kanaverkosta.

– Onhan siinä jo aitaa mansikoiden ympärillä. Ei kai kaksi aitaa pidättele sen paremmin kuin yksi.

– Tuo aita, pitää se kyllä elikot loitolla, paitsi linnut. Mutta kun siellä viime suvena kävi ihmisiä varkaissa. Ihmisiä ei tuommoinen hatara aita pidättele. On ihminen semmoinen peto.

– Marjathan on vielä raakoja. Kuka niitä raakileita nyt sieltä?

– On siellä jo kypsäkin. Niitä toisia marjoja, niitä uusia. Tämä Wendy kypsyy nopeammin kuin Senga senga. Pitäisikö niitä enemmän istuttaa. Saadaan siten satokausi pidemmäksi. Jos vielä löydetään jotain myöhäisempää lajiketta, niin istutetaan niitäkin.

– Ei kai se satokausi pelkillä mansikoilla kovin pitkäksi veny, sanoi vaimo.

– Niin, jos istutetaankin vaikka vadelmia osaan peltoa, sanoi Roope.

– Sitten jo käy pelto kovin pieneksi.

– Niin, jos vaikka vuokrataan lisää maata.

– Eikö tuossa vähässäkin ole tekemistä yllin kyllin, vaimo sanoi. – Mitä sinä siellä nyt oikein olit tekemässä?

– Tutkin jälkiä. Joku siellä on jo käynyt, jos ei varkaissa niin ainakin tutkimassa reittiä. Näin minä jäljistä, että joku siellä käy ihan aidan vieressä. Ja kyllä minä näinkin jotain hahmoja yhtenä päivänä, mutta ne livistivät ennen kuin paikalle ennätin.

Reetan keskittyi omiin puuhiinsa ja Roope jäi miettimään sitä, että näpistivätkö nuo muualta tulleet ihmiset tosiaan hänen mansikoita? Nuo ihmiset, jotka Suomi hyvää hyvyyttään oli ottanut elätettäväkseen, hekö vaan varastelevat ja tekevät pahojaan. Ovat sieltä jostain lähteneet pakoon sotaa, nälkää ja kurjuutta tänne yltäkylläisyyteen, ja alkavatkin varkaiksi.

– Kyllä kiittämättömyys on maailman palkka, hän sanoi.

Kun nyt muisteli, hän muistikin nähneensä aina silloin tällöin läheisessä metsässä outoja kulkijoita, jotkut heistä aivan mustia. Yöllä mustaa ihmistä ei mansikkamaalta erottaisi edes, vaikka vartioisi yötä päivää. Mutta uskaltavatko nuo vieraat tulla aidan yli varkaisiin.

– Minä olen aina suvainnut vähän kaikkea, hän sanoi vaimon selälle. – Mutta tämä nyt on jo vähän liikaa. Että ne vieraan maan ihmiset tulevat minun mansikkamaalle. Pitäisikö minun haulikko hankkia?

– Älä nyt ainakaan ammu ketään. Siihenhän voi kuolla.

– Jos suolapanoksilla ampuu, niin ei kuole.

Ja keitä olivat ne hahmot, jotka oli yhtenä aamuna nähnyt aivan mansikkapellon lähellä. He olivat poistuneet paikalta niin nopeasti, ettei hän nähnyt heistä kuin selät. Kaksi heitä oli ollut ja hyvin tarkasti olivat aitaa tutkineet.

– Kyllä minun pitää ainakin kiikari hommata. Ja sitten sellainen mönkijä, vai mikä se on nimeltään. Sillä pääsisi äkkiä varkaiden perään.

Vaimo olikin jo poistunut.

Hän jäi vielä maistelemaan tuota sanaa suvaitsevainen. Kyllä kai hän suvaitsevainen ihan oikeasti olikin. Kyllä hän suvaitsi pakolaisia ja suvaitsi paljon muutakin. Jos kerran hallitus oli Suomeen pakolaisia ottanut, kyllä heitä hänen puolestaan maahan sopi. Tosin oli hän ajatuksissaan harannut vastaan silloin, kun heitä omaan kuntaan otettiin, mutta olisi toki naapurikuntiin ottanut sitäkin enemmän. Eikä hänellä itse pakolaisia vastaan ollut mitään, olosuhteiden uhrejahan nämä vain olivat, olivat kuin merihätään joutuneita. Tietysti merimiesten kuuluu auttaa vedenvaraan joutuneita. Jos hän olisi laivan kapteeni, kyllä hän pysäyttäisi aluksen jokaisen merihätään joutuneen kohdalla, olipa tämä minkä värinen tahansa, herra tai duunari tai pakolainen.

Kyllä hän suvaitsevainen oli. Oli hän suvainnut sitäkin kaljalle haisevaa Junnua, joka oli auttanut häntä aidan teossa. Hän oli maksanut miehelle ihan täyden palkan, vaikka Junnu ei olisi ansainnut kuin ehkä puolet siitä. Palkan lisäksi Junnu oli saanut talosta myös ruuan, hänen vaimon valmistaman ruuan. Melkein väkisin joutui miehen raahaamaan työmaalle ruokapöydästä.

Työmaalla mies krytteli outoja sätkiä. Oli jollain tauolla selittänyt hänelle, että kannabis pitäisi vapauttaa, saada myyntiin jokaiseen kauppaan ja kioskiin.

Hän oli miehelle maksanut palkan, suvainnut tämän paheita. Hän suvaitsi myös pakolaisia.

Mutta että jos nämä hänen mansikkapellolla käyvät varkaissa?

7.

Vaimo oli vasta keittänyt aamukahvin, touhusi nyt jotain tiskipöydän luona, niin että hän näki vaimostaan vain selän. Ei hän tiennyt kuunteliko vaimo häntä, ei ollut sitä koskaan arvannut, jatkoi silti siitä mihin viimeksi oli jäänyt:

– Kyllä vaan viime vuonna joku mansikkavarkaissa kävi ja kävi useana yönä. Sen lyhyen aikaa minkä satokausi kestää, minulla on kädet täynnä puuhaa. Viime kesänä ihan liian myöhään tajusin, että siellä varkaita kävi. Sitten kyllä vartioin mansikoita auringon noususta auringon laskuun. Vasta myöhemmin tajusin, että ne vorot kävivätkin ennen auringon nousua. En vorosta nähnyt vilaustakaan, näin kyllä sellaisia jälkiä, että käyty on. Sikälikin varas oli ollut viisas, että oli poiminut marjan sieltä ja toisen täältä, ei mitään kohtaa noukkinut aivan heti tyhjäksi.

Vaimo ynähti jotain. Vaimon liikkeet olivat maltillisia ja harkittuja. Se oli keittänyt kahvin ja tehnyt voileipiä jo aikaisemmin häntä varten, nyt teki ravintoa itselleen. Ne olivat kai jotain ituja ja linssejä ja muita kummallisia ruokia. Se oli kai Junnulta oppinut niitä käyttämään. Sen aikaa minkä Junnu heillä oli, tämä olikin viihtynyt paremmin Reetan seurassa keittiössä kuin hänen mukana työmaalla. Kumman paljon näillä oli riittänyt puhumista sellaisista aiheista, joita hän ei jaksanut kuunnella. Hänelle jäi mieleen jutuista vain linssit, otsonikerros, Saimaannorppa ja mehiläiskato.

Hän kääntyi sen verran, että näki ikkunasta mansikkamaan.

Pelto ei ollut mikään kovin suuri pelto, ei niin suuri, että voisi mansikoita viljelemällä ja myymällä elää. Siksipä kai viljelytyö olikin kunnolla päässyt vauhtiin vasta eläkepäivillä. Edellisenä vuonna mansikoita oli tullut jo aika paljon, niin että osan oli myynyt vähän vieraammille ihmisille. Muina vuosina tuttavat olivat ostaneet kaiken, mitä pellosta marjoja irtosi.

– Minä voisin muuten laajentaa noita viljelyksiä, mutta kun lähistöllä ei ole sopivaa maapalaa, Roope sanoi. – Jos maapalan ostaa tai vuokraa jostain kauempaa, ei mansikoita mitenkään pysty yksinään vartioimaan, ellei sitten asenna sähköaitaa viljelysten ympärille. Tuntuu, etten pysty vartioimaan edes tota lähellä olevaa peltoa.

Vaimon selkä ei vastannut. Vaimolla oli taito keskittyä vain siihen, mitä kulloinkin teki, mikä juuri sillä hetkellä tuntui tärkeimmältä. Nyt nuo idut ja linssit olivat tärkeämpiä.

– Entä jos pystytänkin teltan sinne metsänreunaan, Roope sanoi. – Se kai pitäisi ihmisvarkaat poissa. Mistä ne tietävät, että olenko minä teltassa sisällä vai sängyssä.

– Pystytä vaan, sanoi Reetan selkä, katosi sitten makuuhuoneeseen kädessä kulhollinen ituja tai linssejä tai siemeniä tai jotain.

Itse hän oli herännyt aamu viideltä, katsonut ensin ikkunasta, ettei mansikkapellolla käyskentele mitään isompia eläimiä tai ihmisiä. Oli sitten kulkenut ulos ja astellut aidanviertä asunnon puoleisella laidalla päästä päähän. Siitä hän näki, ettei mansikkarivistöjen välisessä käytävällä kulkenut rusakoita. Tämän jälkeen hän oli kytkenyt päälle pamahtavan pelottimen. Jokunen rastas oli silloin noussut mansikkamaalta siivilleen.

Eniten häntä huolestutti mansikkamaan metsänpuoleinen reuna, käveli sinne tutkimaan, ettei aidassa ollut rakoja.

Ehjältä tuo näytti.

Mutta yhdestä kohtaa aitaa maa oli tallattua. Siinä kohden hän oli yhtenä päivänä nähnyt kaksi hahmoa. Siihen johti myös tuo aivan pieni polunhaara. Aikoivatko siitä kohti tulla aidasta läpi?

Ja vielä oli ne pakolaisetkin. Ja Junnu Kaakuri.

Pitäisikö jäädä yöksi vartioimaan, hän mietti taas. Mutta jos yöt valvoisi, miten jaksaisi päivällä touhuta. Aivan pian mansikoita olisi kypsinä niin paljon, että niitä saisi poimia aamusta iltamyöhään.

Siellä mansikkapellon takana näkyi talo, perintönä hänelle jäänyt talo. Roope jäi sitä katsomaan. Talo oli kai jäänyt heitteille jo silloin, kun isä lähti armeijaan. Isä ei siitä ollut piitannut mitään, isovanhemmat eivät enää oikein jaksaneet.

Joskus sitten kun hän oli jo kymmenen korvilla, äiti oli kertonut, että ukki on kuollut ja mummo muuttanut vanhustentaloon. Silloin kai talo lopullisesti unohdettiin. Äiti ei kaupungista pois halunnut, isä kulki ties missä metsissä.

Talo sai nököttää rauhassa. Mitään varastettavaa siellä ei ollut ja sen kai varkaat näkivät päälle päin. Sijainti oli niin näkyvä, etteivät edes kulkurit tai nuorisojengit sinne tunkeutuneet yön viettoon. Rotat tai hiiret eivät sieltä ravintoa löytäneet, eivätkä lämpöä talvisin. Vain ajan hammas taloa koetteli.

Hänkin oli muistanut talon vasta sitten, kun tapasi Reetan. He olivat muuttaneet paikalle miltei saman tien, kun seurustelemaan alkoivat. Ei heillä oikein muutakaan paikkaa ollut. Hän oli siihen aikaan asunut Liehomaan ullakolla, noin viidentoista neliömetrin kopissa. Reeta asui silloin vielä vanhempiensa luona yhtä ahtaasti.

Tarkoituksena oli silloin ollut, että taloa pikkuhiljaa kunnostettaisiin. Vesi- ja viemärityöt piti teettää vieraalle, samoin sähkötyöt. Seurauksena oli paljon laskuja.

Yhtenä kesänä he olivat maalanneet kaikkien rakennusten ulkoseinät punamullalla.

Siihen se sitten oli jäänyt. Suurin este oli ainainen pula rahasta. Vaikka molemmat kävivät töissä, hän milloin missäkin, Reeta siivoojana kunnalla, ei rahaa tuntunut koskaan jäävän yhtään yli. Vaikka hän yritti vähän kaikilla aloilla, rakennuksilla ja varastomiehenä ja ahtaajana, palkka pysyi aina suunnilleen yhtä pienenä.

Remonttia varten olisi pitänyt ensin säästää, sitten olisi voinut pankista saada lainaa. Niin hänelle pankissa oltiin sanottu. Säästöön häneltä ei koskaan rahaa jäänyt.

Eikä hänestä itsestä oikein remonttihommiin ollut. Kaikki pienetkin remontit mitä vuosien varrella aloitti, sai vaimo tehdä loppuun.

Isoisä ja isoäiti talossa olivat asuneet ja heidän poika Sulo. Isoisä ja isoäiti siinä olivat viljelleet peltoa, pitäneet kai jotain elämiä. Se oli tapahtunut silloin, kun hän ei vielä ollut syntynyt. Siinä olivat kuokkineet maata, missä nyt kasvoi mansikoita. Olivatko istuttaneet perunoita vai nauriita, vai oliko koko pelto pitänyt kylvää heinää, että eläimille riitti ruokaa ja ihmisille maitoa ja lihaa?

Ei hänellä paljoa mitään hajua niistä ajoista ollut.

Mutta saattoihan itse talo ja navetta ja pelto toki olla vanhempaakin perua. Ehkä isoisoisoisä oli raivannut korpeen pellon, rakentanut ensin jonkinlaisen saunan, vasta myöhemmin talon.

Itse talo oli hirsistä rakennettu, niiden päälle oli lyöty lautoja ulkoseinille, sisäpuolelle jotain levyjä. Oli hän sen verran taloa tutkinut, että hirret olivat edelleen hyväkuntoisia. Hän arveli, että talo ei lahoaisi hänen elinaikana. Talo oli rakennettu huolella aikaa kestämään.

Navetta oli ollut huonompi, mutta sen hän oli purkanut, pilkkonut klapeiksi ja parina kylmänä talvena polttanut hellassa ja saunankiukaassa.

Taloa ja mansikkapeltoa katsoessa hän tunsi nyt olevansa osa sitä kaikkea. Nyt jokainen neliö isovanhempien perinnöstä oli kylvetty, joskaan ei perunaa tai heinää, mutta mansikkaa. Hän oli kuin tekemässä jotain suurta, tai jatkamassa jotain, mitä ei itsekään oikein ymmärtänyt. Hän oli ryhtynyt johonkin, mikä liitti hänet sukuun.

Siinä siis olivat isoisä ja isoäiti kääntäneet maata, ehkä pelkkä kuokka apunaan. Viikatteella oli kaatunut heinä. Ehkäpä isoisällä oli ollut hevonen. Hevosen avulla heinien ajo ja kyntäminen sujuisi helposti. Kuokkaa tarvitsisi tuskin ollenkaan.

Ehkä hänkin voisi hankkia hevosen, työhevosen. Hevosen kanssa voisi...?

Ehkä paikalla olivat olleet isoisän isä ja äiti ja ehkä ketju ulottui vielä sitäkin kauemmaksi. Ehkä hänen esi-isät olivatkin paikalle tulleet jo silloin, kun paikalla oli vain korpimetsää. Ehkä he olivat pellon raivanneet suohon, kuten se Koskelan Jussi elokuvassa. Olivat ehkä paikalle tulleet jo ennen kuin kartanon metsiä raivattiin pelloiksi. Ehkä hänen suku olikin ihan ensimmäisiä, joita seudulle oli tullut. Ketju oli ties mitenkä vanha, ties mistä lähtöisin.

Hänen oman isän kohdalla ketju oli katkennut, mutta hän liitti tuolla mansikkapellolla itsensä takaisin esi-isien pitkään ketjuun. Hän tunsi nyt olevansa osa jotain jatkumoa, osa jotain suurta, pitkää ketjua. Hän tunsi olevansa yhtä esi-isiensä kanssa, joille ei ollut uhrannut ajatustakaan ennen kuin ryhtyi mansikoita viljelemään.

Hän oli sitä paljonkin ajatellut viime aikoina, oli miettinyt joskus sitäkin, että saisiko hän jostain kirjoista tai arkistoista selville, mistä hänen esivanhemmat olivat tulleet ja mitä muuta olivat eläessään tehneet.

Pelto kuitenkin oli pieni, jos sitä vertasi lähistöllä sijaitseviin muihin peltoihin. Lähistön maisemaa hallitsivat kartanon pellot, joita joku vuokaviljelijä hoiti. Hänen mansikkapelto oli vain kapea kaistale metsien ja muiden peltojen välissä.

Ehkä isovanhemmat olivatkin olleet vain kartanon torppareita.

Mutta mistä olivat tulleet ja mitä muuta tehneet? Osaisiko vaimo sen selvittää?

Jossain vaiheessa Reeta oli hankkinut tietokoneen ja koneeseen jonkin, mitä kutsui netiksi. Sieltä tuo tuntui löytävän vastauksia jos vaikka mihinkä kysymyksiin.

Hänelle tuo kapine pysyi vieraana, outona ja jopa vähän pelottavana. Joskus hän sitä tuijotti parin metrin päästä, mutta ei sen lähemmäksi päässyt.

Mutta sitä kaikkeahan voisi miettiä talvella, kun ei muutakaan tekemistä ollut.

Jostain kuului taas ihmisten ääniä. Polkua maleksi joukko ihmisiä. Hän laski heitä olevan seitsemän, useimmat miehiä. Puhuivat outoa kieltä, olivat oudon näköisiä. He kulkivat mansikkamaan ohi marjoja paljoakaan katsomatta. Ehkä olivat nähneet hänet, siksi niin viattomina kulkivat ohi.

Se oli tuo metsä, se tuntui olevan syypää vähän kaikkeen. Hän oli sitä talvella usein katsellut ja suunnitellut, että tappaisi mansikkamaan läheltä kaikki isommat puut pystyyn. Siihen riittäisi, kun poraisi puun tyveen syvän reiän puun keskustaan asti.

Pora hänellä oli ja hän oli tarkistanut, että se myös toimii, mutta ei itse työhön tohtinut tarttua. Jos isot puut kuolisivatkin ja metsän omistaja ne kaataisi, tilalle kasvaisi sakeasti pieniä puita. Mansikkamaan reuna olisi pian kuin viidakkoa, mistä ei voroja erottaisi kiikarillakaan.

Pienet puut ehkä voisi myrkyttää, mutta silloin viimeistään epäilykset kohdistuisivat häneen.

Aurinko näkyi vielä taivaalla suht korkealla, kultasi maiseman, mutta aita näytti entistäkin kurjemmalta.

Olisi kai pitänyt alun alkaen rakentaa kunnollinen aita, kunnollisista raaka-aineista. Ainoa keino vorojen varalta tuntui oleva hyvä aita.

Monen montaa aitamallia hän oli edellisen talven aikana miettinyt ja oli monta hyväksi havainnut.

Mutta kun rahaa ei ollut.

Nyt uuden aidan teko tuntui työläältä ja turhalta, maksaisikin turhan paljon, jos aidasta tekisi niin tukevan, ettei siitä ihminen läpi pääsisi. Toisaalta nyt ei aitaa kuitenkaan saataisi valmiiksi ajoissa. Vielä jos pitäisi vanha aita kaataa uuden tieltä pois, olisi mansikkapelto paitsi ihmisille, niin myös metsän eläimille kuin tarjottimella.

Ehkä sitäkin pitäisi miettiä satokauden jälkeen, tai varhain keväällä. Ehkä pitäisi sähköaita rakentaa. Ehkä mansikoilla tienaisi niin paljon, että aidanteko kannattaisi

Toisella puolella mansikkamaata oli metsä ja se oli entisensä. Jos saisi olla, metsä pysyisi samana aina vain. Se kasvoi mäntyjä, kasvoi kuusia ja koivuja, sekä jotain pienempiä lehtipuita, joiden nimiä hän ei tiennyt. Jos ei ihminen puita kaataisi, tai tulipalo niitä polttaisi, metsä kasvaisi siinä aina vain. Kuolleen puun tilalle kasvaisi uusi puu. Tuo sama metsä oli ollut paikalla jo silloin, kun hänen esivanhemmat paikalle tulivat. Vaikka puita kaadettiin, soita kuokittiin, maata muokattiin, niin metsä vain kasvoi. Ei siitä nähnyt, oliko se vihainen vai tyytyväinen.

Mutta metsän siimeksessä lymysivät hänen viholliset, vakoilivat mansikkamaata ja häntä. Tiesivätkö ne jo, mihin aikaan päivällä hän meni syömään, tiesivätkö, milloin hän kävi maaten. Näkivätkö ne sieltä, milloin hän lähti kylille asioille, tiedottivatko hänen menoista toisilleen?

Metsä oli vihollisen tyyssija. Siellä mansikoita vaanivat kaikki varkaat, niin eläimet kuin ihmisetkin. Sinne eläimet aina pakenivat, kun hän juoksi mansikkamaalle niitä hätistämään. Hän ei sieltä ollut löytänyt ketään silloinkaan, kun juoksi varkaiden perässä metsään. Kaikki katosivat jonnekin, mutta hän tunsi niiden katseet niskavilloissaan.

Yöaikaan metsä oli pimeä ja uhkaava. Se oli täynnä varjoja ja outoja ääniä. Siellä oli tuhansia piilopaikkoja, missä joku tai jokin saattoi vaania häntä ja hänen mansikoita hänen ketään näkemättä. Yöllä metsä oli vieras, oli kuin jokin paikka toiselta planeetalta.

Miten hän estäisi varkaiden tulon. Hän tajusi silloin, että ei hän voisi joka yö vartioida marjojaan. Täytyi olla jokin muu keino.

8.

Aamulla Roope sen sitten ykskaks muisti: Olihan hänellä isä, tosin jo hyvin vanha isä ja vaivainen ja hyvin vieraan tuntuinen, mutta isä kuitenkin. Olisiko nyt viimein aika turvautua isän apuun, kun ei siihen koskaan aikaisemmin ollut turvautunut.

Lapsena ja nuorena hän tiesi isästä vain sen, että isä oli armeijan palveluksessa ja että isä oli aina poissa kotoa. Myöhemmin hän sai jostain kuulla, että isä vietti kaiken vapaa-ajan jossain korpimetsässä tiettömän taipaleen takana. Kyllä hän lapsena silloin tällöin näki isän ja kaipasikin tätä, milloin ei nähnyt. Nuorena hän ei enää isää muistanut nähneensä.

Aivan yllättäen isä oli nyt ikäloppuna muuttanut takaisin synnyinseudulleen. Asui rivitalossa pienen matkan päässä.

Enää isä ei hänen tietääkseen mitään tehnyt. Nykyisin kai vain istui keinutuolissa, katseli ikkunasta maisemaa. Kuulemma kodinhoitaja kävi joka päivä isää katsomassa, piti asunnon ja ukon jonkinlaisessa kunnossa. Mutta kovin tyytymätön isä kuului olevan, niin oli Reeta kuullut kodinhoitajalta.

Hän löysi Reetan keittiöstä, kysyi:

– Sinäkö kävit minun isää katsomassa?

– Kävin minä katsomassa, että mitenkä se siellä pärjäilee.

– No mitenkä?

– No mitenkä se nyt… Kovin sillä taitaa ikävä olla sinne Lesomaan korpeen. Ei se ukko kyllä minulle paljoa mitään puhunut. Mutta kodinhoitajan kanssa puhuin. Se ukko oli semmosella hassulla kulkupelillä ajanut Lesomaalta tänne. Semmosella pienellä… Sano kodinhoitaja, että mönkijä nimeltään. Olen minä niitä kylällä nähnyt. Ne jotkut koululaiset semmosilla ajelee.

– Semmonen peli sitä minullakin pitäisi olla, sanoi Roope.

– Se sinun isäs, se on jo aika huonossa kunnossa.

– No mikä sitä sitten vaivaa.

– Sinä kun ei kai kukaan tiedä. Kun ei se suostu meneen tutkittavaksi. Ei kai ne lääkärit voi väkisinkään…

Hän oli ollut auttamassa silloin, kun ukko oli muuttanut metsäasunnostaan takaisin ihmisten ilmoille. Muuton aikana hän oli päällisin puolin tutkinut varastoon kantamiaan tavaroita. Silloin ne olivat näyttäneet aivan rojuilta. Oli toki paljon tarpeellistakin, kaikkea mitä tarvitsi metsässä oleskellessa, lumikengistä lähtien. Oli myös työkaluja, ukko kun oli metsäkämpällä eläessään tehnyt kaikki remontit itse. Paljon oli myös kalastukseen liittyviä tavaroita, pilkeistä kalaverkkoihin. Oli myös jotain tarpeita kuivalla liikkuvien eläinten tappamiseen.

Hän oli silloin sivuuttanut rojut, kun ei itse niitä mihinkään tarvinnut.

Isän asui vajaan kilometrin päässä rivitalossa. Hän päätti kulkea polkupyörällä paikalla.

Isä näkyi olevan takapihalla. Hän meni luo ja sanoi:

– Myy minulle se mönkijä.

– Mitä helvettiä sinä täällä teet? sanoi isä. – Enkä myy mönkijää enkä myy mitään muutkaan.

– Mitä sinä mönkijällä teet, vanha mies. Ajat vielä kolarin tai kaadat sen päällesi.

– Millä minä sitten kylille pääsisin. Ei minua ole luotu paikallaan pysymään.

– Ethän sinä missään käy. Et metsälläkään.

– En metsästä enää, mutta käyn kuitenkin. Pyssyllä en enää osu mihinkään, mutta muuten olen kunnossa.

– Onko sulla pyssyä, kivääriä tai haulikkoa?

– Ei ole. Enkä anna. On mutta en anna enkä myy enkä lainaa.

– Onko kiikaria?

– On mutta ei.

– Mitä sinä silläkään, kun et näe kunnolla.

– Siksi se on tarvis, kun en muuten kunnolla näe.

– Et ole loukuilla pyydystänyt mitään eläimiä?

– En ole, sanoi isä. – Ampunut olen, mutta koskaan en ansoilla ole pyydystänyt. Jotain ansoja kerran hankin, mutta ei niitä koskaan käytetty. Ne kai hankittiin silloin siksi, kun siellä Suistolan Villen asunnon liepeillä liikkui kettuja. Sillä Villellä oli siellä jotain elukoita. Kanejako ne oli vai mitä lie. Ei nyt ainakaan kanoja, mutta jotain oli, mitä kettu tahtoi. Hankittiin sitten ketunraudat, mutta ei sitä koskaan käytetty. Eikä se Villekään halunnut ansoilla pyytää mitään. Eikä me löydetty mitään sellaista paikkaa, mihin olisi loukun voinut virittää. Olisi pitänyt löytää semmoinen paikka, etteivät koirat ja kissat lankee ansaan, eikä muutkaan elikot. Mutta ampunut olen paljon. Vuosikymmeniin en tarvinnut kaupasta lihoja hakea. Söin vain sen mitä metsästä tai järvestä sain. Ne kaupat lihat, ne on kasvatettu hormooneilla. Eivät ne oikeaa lihaa ole.

Sanoja ryöppysi isän suusta solkenaan hetken aikaa kovalla äänellä, sitten mies vajosi mietteisiinsä kuin ei ympäristöä havaitsisi lainkaan.

Vai oliko äskeinen jokin puolustuspuhe. Ikään kuin hän muka jotain piittaisi siitä, miten ukko muinoin oli eläimiä pyydystänyt.

Hän ryki hetken kurkkua. Ukko havahtui siihen ja sanoi:

– Jos kahvia haluat, niin kohta tulee kodinhoitaja. Se voi keittää. Minä en enää...

– En minä kahvista piittaa, hän sanoi. – Mutta työkaluja voisin lainata, jos niitä on jäljellä. En tiedä mihin olen omat hukannut. Kun yhtenään sitä aitaa saa korjailla.

– Mitä sinä semmosen aidan menit tekemään? Ruma ku mikä. Olisit tehnyt kerralla kunnollisen.

– Mistä sinä sen tiedät?

– Kävin siellä lähellä, Laurin kanssa. Mutta vie pois työkaluja mitä löydät. En minä niitä enää tarvis.

Hän näki avoimesta ovesta sisälle. Sohvapöydällä kiilteli kivääri.

– Olet näemmä aseen säästänyt.

– Niin olen.

– Vaikka et enää osu mihinkään.

– No se on siinä muistona. Ei kai siihen ole luotejakaan.

– Olet kuitenkin putsannut sen.

– No siksi ettei mene pilalle. Täällä kun kaikki pilaantuu. Kun säästävät sitä energiaa. Talvella on niin kylmää ja vetosta ja kosteaa. Pesukone ruostuu, jääkaappi ruostuu. Kun on viileetä ja kosteeta, niin kaikki ruostuu. Saan vielä itse kuolemantaudin täällä.

– Miksi et hankkinut parempaa asuntoa?

– Ei ollut rahaa parempaan.

– Oliko siellä Lesomaan korvessa lämpösempää?

– Oli. Siellä kun tilkitsi ovet ja ikkunat, niin pysyi kanssa lämpö sisällä. Jos vaan halkoja riitti. Täällä ei pysy. Humina vaan kuuluu, kun lämpö karkaa putkia pitkin harakoille.

Hän tahtoi isän luota pois ennen kodinhoitajan tuloa. Isä antoi hänelle avaimen, millä pääsi varastoon, ei itse vaivautunut mukaan. Tarpeetonta rojua ukolla oli paljon. Hän oli ne kaikki jo nähnyt. Katse löysi viimein kalaverkkojen alta esineen mitä etsi. Se oli päällisin puolin kunnossa. Hän varmisti vielä, ettei isä ole näkemässä, työnsi kapineen kangaskassiin ja asetti kassin polkupyörän pakkarille.

Hän kävi palauttamassa avaimen, sanoi hyvästit ja lähti.

Vajassa hän tutki esinettä paremmin. Se oli kylmää rautaa, kylmää ja tappavaa, tunteetonta. Joku menneiden aikojen seppä sen kai oli takonut. Se tappaisi pienemmän eläimen armotta, isommalle siitä koituisi ankaria tuskia. Sahanterämäiset leuat näyttivät pelottavilta. Se oli yhtä helppoa virittää kuin hiirenloukku. Mitä se tekisi mansikkavarkaalle?

Hetken hän tunsi jonkinlaista häijyä riemua, kun kuvitteli ansan jääneen Junnun jalkaan kiinni.

Nopeasti hän karkotti tuon ajatuksen mielestään. Tarkoitus ei ollut satuttaa ketään, vain pelotella mansikkavarkaita.

9.

yöllä Roope paneutui vaimon vierelle maaten. Vaimo oli pyöreä ja pehmeä. Sellainen vaimon kuuluikin olla, sellainen, jonka viereen oli mukava raskaan päivän jälkeen käydä makuulle, vaikka vähän kutitellakin.

– Et sitten ehtinyt kotiin syömään, vaimo sanoi.

– Kiireitä ollut. Laitan nyt ne mansikkavarkaat kuriin. On tämä vaan raskasta vahtia muita ihmisiä omien töiden ohessa. Varkaita, varkaita, varkaita. On se kumma, että pitää olla sellaisia ihmisiä riesana, muiden riesojen lisäksi, kuivuuden ja hallan ja liikojen sateiden takia. Pitää vielä mansikkavarkaita vahtia. Niin kuin ei muka mansikkafarmarilla ole kylliksi huolia muutenkin.

– Vai olet sinä farmari nykyisin.

– Niinhän minä olen. Ja taistelen mansikkavarkaita vastaan. On ne outoja epeleitä, mansikkavarkaat.

– Kävithän sinäkin omenavarkaissa, sanoi vaimo.

– Minäkö vai? Milloinka muka?

– Lapsena, jo paljon ennen ku tutustuttiin.

– No jonkun kerran taisin...

Hän muistikin nyt, että oli käynyt poikasena Reetan vanhempien puutarhassa omenavarkaissa. Tosin

Reetaa hän ei silloin tuntenut ollenkaan. Tavattu oltiin vasta vuosikymmen, tai ehkä parikin vuosikymmentä myöhemmin, naimisiin päädytty siitä vuosien päästä.

– Ja olihan siellä se päärynäpuukin, hän muisti ykskaks. – Niitä päärynöitähän me silloin kai enemmän himoittiin. Niitä kun ei usein missään muualla näkynyt. Kaupoissakin päärynät oli harvinaisempia, ku omenat, ainakin silloin oli.

– Oli, oli. Ja oli meillä sitten lystiä, kun ikkunasta katseltiin, miten hiippailitte ulkona. Ja sitten pelästyitte niin että pinkaisitte pakoon ties minnekä asti.

– Eihän me juostu ku siihen purolle asti. Mikä meteli se oikein oli, mikä meidät säikäytti.

– Isä puhalsi semmoiseen torveen. Se oli äidinisän peruja, se torvi. Se kun oltaisiin saatu videonauhalle, se ku ensin hiivitte siellä ku mitkäkin vakoojat ja sitten pinkasitte pakoon. Mutta eihän niitä silloin semmoisia videoita kai ollutkaan. Mutta kyllä meitä sitten niin nauratti.

Vaimo käänsi kylkeä ja nukahti.

Myös Roope nukahti, mutta jo parin tunnin kuluttua hän heräsi. Oli outo olo, kuin olisi nähnyt painajaista. Mikä tuo painajainen oli, siitä hänellä ei hetkeen ollut mitään käsitystä. Piti nousta vuoteenlaidalle istumaan ja pohtimaan. Jotain hän oli nähnyt, unessa tai valveilla, jotain mikä liittyi mansikkamaahan. Vai oliko

se unta edes. Se kai liittyi siihen, mitä vaimo oli kerto-
nut omenavarkaista.

Samassa hän muistikin mikä hänet oli herättänyt.
Se liittyikin siihen, että mansikkavarkaat olisivatkin
nuoria poikia, samanlaisia kuin mitä hän itse oli ollut
päärynävarkaissa ollessaan. Unessa hän itse asiassa
taisikin olla poikajoukon mukana mansikkavarkaissa.

Hän nousi jalkeille, asteli ikkunaan mistä näki
mansikkapellon, näki myös sen kohdan pellon toisella
puolella, minne oli ketunraudat jättänyt. Paitsi että oli
niin pimeää, tai sumuista, ettei sinne asti nähnyt.

Uni tuntui kumman elävältä ja hän katsoi sitä
valveilla uudelleen. Siinä poikajoukko kulki mansikka-
varkaisiin ja yksi heistä, juuri se hänen näköinen poika,
astui ketunrautoihin. Hän oli nytkin tuntevinaan,
miten aivan yllättäen loukku iskee jalkaan, miten
sydän pomppaa kurkkuun, miten pelko täyttää pään,
miten ruumis hetkeksi valahtaa aivan veltoksi, kunnes
aivot viimein heräävät, etsivät pelon aiheuttajaa ja
löytävät jalasta ketunraudat.

Miten kipeää se tekikään.

Muut pojat säntäsivät pakoon, mutta tuo yksi jäi
yksinään rimpuilemaan pimeään yöhön, ei päässyt
ansasta irti vaikka mitä yritti.

Hän oli tuo poika, joka aivan yksinään rimpuilee
pimeässä yössä, pelkää susia ja pelkää karhuja, pelkää
asemiehiä.

Hän päätti hakea ansan pois ennen kuin kukaan sitä löytää.

Hän nousi saman tien ja aikoi pukeutua, mutta olikin jo herättänyt vaimonsa.

– Käy maaten, sanoi vaimo. – Mitä sinä tähän aikaan valvot. Koko päivän touhusit jossain piilossa ja ihan syömättä. Nyt käyt maaten. Nyt on yö.

Hän sitten ajatteli, että untahan se vain oli.

10.

Roope seisoi mansikkapellon ja metsän välissä rakentamansa aidan vieressä. Pelto oli vielä osin sumun peitossa. Varislintuja raakkui lähistöllä, mutta sumun takia ei nähnyt olivatko linnut mansikkavarkaissa.

Kello oli paljon enemmän kuin mitä hän olisi suonut sen olevan. Hän oli nukkunut yöllä huonosti. Kahdesti hän oli herännyt, ja toisella kertaa päässyt keittiöön asti, huomannut siellä, ettei ollut aikoihin syönyt. Sen asian hän oli korjannut saman tien. Ruokaa lämmittäessä ja syödessä painajainen oli haihtunut päästä pois. Hän oli aamuyöllä kömpinyt taas vaimonsa viereen ja nukkunut sikeästi ja aivan liian pitkään. Vaimo oli aamulla sanonut, ettei raaskinut herättää häntä, kun hän kerran koko päivän oli ahertanut ruokataukoja pitämättä.

Painajainen oli palanut mieleen kahvipöydässä. Hän oli juonut vain kupillisen kahvia kahden tai kolmen sijaan, kiirehtinyt ulos mansikkapellon laitaan.

Katse haki paikkaa, mihin oli ketunraudat jättänyt. Mitään liikettä ei sillä suunnalla näkynyt, ei edes kettua rimpuilemassa ansassa. Se rauhoitti vähän, mutta silti piti juoksujalkaa kiirehtiä metsänreunaan.

Jo juostessaan hän päätti, että ottaa ketunraudat pois, piilottaa sen liiteriin ennen kuin kukaan sitä huomaa.

Siinä hän nyt seisoi paikassa mihin oli ketunraudat virittänyt. Mutta ansa oli poissa. Muutoin paikka oli aivan sellainen kuin mitä se oli ollut myöhään illalla, vain ansa oli poissa. Paikalla ei näkynyt verta, ei karvatupsuja, ei mitään vihjettä mitä paikalla oli tapahtunut.

Mielessä vilahteli aivan liikaa näkyjä siitä, mikä eläin tai ihminen tai olento oli loukkuun sattunut ja mitä loukulle sittemmin oli käynyt. Noissa näyissä vilahteli koiria, kissoja, kettuja, susia, karhuja, hirviä, hevosia, lehmiä ja tietysti ihmisiä, poikia ja tyttöjä, miehiä ja naisia, vaareja ja mummoja, ynnä vielä olentoja vierailta planeetoilta. Ei niistä näyistä mitään selkoa saanut.

Yöllä nähty uni nuoresta, hänen näköisestä pojasta ketunraudoissa rimpuilemassa, palasi elävänä mieleen.

Niinpä hän vain seisoi ja katsoi paikkaa, mihin oli ketunraudat virittänyt. Hän oli tarkoituksella jättänyt sen hyvin näkyville. Ei ollut tarkoitus, että kukaan ihminen siihen astuisi. Tarkoitus oli, että mansikkavarkaat säikähtävät ja tajuavat että hän oli tosissaan, ja että uskovat, että koko lähitienoo on ansoitettu. Mistä ihmisvarkaat voisivat tietää, että ketunrautoja oli vain yksi.

Paikalla missä seisoi, haisi bensiini. Hän oli tarkoituksella kaatanut ansan päälle vähän bensiinillä. Hän oli jostain päätellyt, etteivät eläimet pidä bensiinin hajusta. Tarkoitus kun ei ollut sekään, että eläimiä ansaan lankeaisi. Sen piti olla vain varoitus varkaille, varoitus kaikille, jotka hänen mansikoita himoitsivat.

Mutta loukku oli yön aikana kadonnut.

Samassa hän tuli ajatelleeksi, että entä jos ansa olikin jäänyt jonkin isomman eläimen jalkaan kiinni, vaikkapa hirven. Voisiko hirvieläin taivaltaa metsässä ketunraudat jalassa. Mutta miten hirvi olisi saanut köyden irti puusta. Hän muisti, että oli ketunrautoihin sitonut köyden ja köyden toisen pään sitonut paksun puun ympärille umpisolmuun, mutta ei hän ollut enää siitäkään asiasta varma. Uni ja valve ja kuvitelmat kulkivat päässä päällekkäin.

Hän oli taas toiminut hätiköiden, hän tajusi. Hän oli saanut mielestään hyvän idean, toiminut sen enempää miettimättä. Ja hän oli nukkunut pommiin. Tarkoitus oli palata paikalle hyvin varhain aamulla ja piilottaa ansa katseilta. Oli tarkoitus, että vain yöllä liikkuvat mansikkavarkaat ansan näkisivät ja pelästyisivät ja jättäisivät hänen mansikat rauhaan.

Hän oli hätiköinyt, oli hätiköinyt useasti ennenkin. Mansikkamaata kiertävän aidan rakentaminenkin oli ollut pienestä sattumasta kiinni. Hän oli sattunut näkemään, kun jotkut miehet olivat tyhjentäneet ladosta puutavaraa taivasalle. Hän oli mennyt kysymään syytä moiseen. Hänelle kerrottiin, että ovat tarpeettomia, joutavat vaikka metsään lahoamaan. Suunnitelma aidan rakentamisesta oli syntynyt siinä ja samassa, kun sai tietää, että puutavaran sai viedä ilmaiseksi. Vielä samana ja seuraavana päivänä oli lumessa kantanut puutavaran mansikkamaan laitaan.

Nyt hän oli hätiköinyt taas uudelleen, eikä tiennyt miten korjaisi virheen. Hän vain seisoi, katsoi paikkaa mihin ketunraudat oli virittänyt. Päässä ajatukset vähitellen rauhoittuivat. Tuli mieleen, että jos ansa oli ketunjalassa kiinni, haavoittunut eläin saattaisi löytyä jostain läheltä.

Hän kulki metsässä kierroksen, kulki kohta toisen hieman laajemman kierroksen. Ansaa eikä kettua löytynyt. Hän kulki vielä kierroksen, mutta tulos oli yhtä laiha.

Hän muisti jonkun näkemänsä televisio-ohjelman, minkä sanoma kai oli, että piti yrittää miettiä kuten taka-ajettu miettisi. Ohjelma kai tosin käsitteli rikollisia ja heitä jahtaavia poliiseja, mutta ehkä se päti eläimiinkin. Ketunrautoihin langennut koira kai juoksisi suoraan kotiinsa, ehkä myös kissa, jos jaksaisi ansaa raahata. Mikä muu eläin ansaan saattoi joutua?

Kettuja varten ketunraudat oli tehty. Pitäisikö hänen ajatella kuin kettu. Yrittäisikö kettu piiloon.

Siinä aika lähellä oli vanha lato, ei enää vuosikymmeniin käytössä ollut. Ehkä eläin pyrkisi sinne, menisi ehkä ladon alle turvaan miettimään keinoa millä vapautua loukusta.

Niin hän kai itse tekisi, jos olisi eläin, ihmisiä arasteleva eläin. Menisi ensin piiloon, yrittäisi siellä vapautua loukusta. Jos ketulla olisi pitkä matka kotipesään, tuntui että juuri niin se toimisi.

Hän kiirehti ladon luo, kurkisti sen alle joka suunnalta, kurkisti sisälle mistä raoista vain näki. Mitään eläintä hän ei nähnyt. Hän oli juuri aikeissa tunkeutua latoon sisälle, kun näki jonkun ihmisen tuijottavan itseään. Myös toinen mies lähestyi latoa, hänen isä. Mitä miehet paikalla tekivät? Olivatko keräämässä jotakin. Isällä oli reppu selässä. Olivatko miehet käyneet mansikkapellon lähellä? Olivatko nähneet ketunraudat?

Hän ei olisi juuri nyt halunnut törmätä ihmisiin, ei vain keksinyt miten väistäisi heidät. Hän jäi odottamaan. Miesten tultua lähelle hän sanoi:

– Mikäs retki teillä on menossa?

– Vanha eränkävijä tahtoo juurilleen, sanoi toinen miehistä, päästi jatkoksi jonkun naurua muistuttavan äänen.

– Tekee niin mieli välillä metsään, sanoi Sulo.

– Pyysin tuota Lauria kaveriksi, kun on itsellä ikää jo

sen verran. Niin se lääkärikin sanoi, etten yksin lähtisi pihapiiriä kauemmaksi.

– Etkö sinä jo ihan tarpeeksi ole metsässä ollut, hän sanoi.

– Ei täällä ikinä voi tarpeeksi olla, sanoi Sulo.

Jotenkin hermostuneilta miehet hänestä näyttivät, yhtä hermostuneilta kuin mitä hän itsekin oli.

Ei hän keksinyt mitä vielä miehille sanoisi, kääntyi ja lähti.

Mutta mitä Sulo ja tuo hänelle vieras mies tekivät niin lähellä hänen mansikkamaata. Eivät kai nuo vanhat miehet hänen mansikoita himoinneet? Eihän isä tainnut edes syödä mansikoita, ei muitakaan marjoja tai mitään kasviksia. Vain lihaa ja ruisleipää sen mitä vähillä hampaillaan jaksoi kaluta.

11.

Roopen mentyä Lauri sanoi:

– Epäileekö se jotain, vai mitä se täällä teki, juuri tämän ladon luona, minne mekin oltiin menossa. Mitä se oikein etsi täältä, kun tiirasi sisälle ja alle?

– Ei se mitään epäile, sanoi Sulo. – Kai se on aina ollut vähän tuommoinen vouhottaja. Mennä viuhtoo sinne tänne eikä itekään aina tiedä, että minne. Se sen vaimo kerto, että sen ruman aidankin teki hetken oikusta. Siinä se nyt kuitenkin on, lato.

– Jos sitä voi käyttää, sanoi Lauri.

– Miksei voi, kun käyttää vaan.

He kiersivät ladon ympäri, totesivat sen hyväksi ladoksi:

– Kyllä ennen muinoin osattiin rakentaa, sanoi Sulo. – Tämäkin on vain lato, mutta ei näy hometta eikä mitään. Toista se on siellä rivitalossa. On niin kylmää ja vetoista. Minullakin nuha vaivaa läpi vuoden. Sormet on alati kohmeessa, vaikka niitä lämmittää milloin lämpöpatterin päällä, milloin lieden yllä. Ja varpaita paleltaa. Talvella piti toppahaalareita käyttää sisälläkin, että tarkeni. Luulen että sekin tönö vielä puretaan homevaurioiden takia.

He jäivät oven luo seisomaan. Lauri katsoi tarkasti, ettei ketään ollut lähimailla. Sitten hän tutki vanhaa munalukkoa, totesi, että sen hän pystyisi helposti avaavaan.

– Sitten vaan avaat sen, sanoi Sulo.

– Jos joku näkee?

– Ei näe, kun eihän täällä muita ole. Avaat sen oven, livahdetaan sisälle. Mietitään sitten lisää.

– Ettei se mansikkatarhuri jäänyt...

– Ei jäänyt. Avaa vaan se ovi.

Laurilla oli pätkä jäykkää rautalankaa, viekoitteli sillä munalukon auki.

– Jo kouluaikoina opin tämän taidon, hän kertoi. – Siltä yhdeltä Kaapasen Villeltä. Siltä joka sittemmin vankilaan päätyi kai kymmeneen kertaan. Nyt se on jo kuollutkin. Puukottivat sitä siellä...

Sulo oli jo mennyt sisälle. Lato oli tyhjä. Yhdellä seinustalla oli paljon kaarnaa lattialla ja jotain surkeita rimantapaisia.

– Täältäkö se tollo siihen aitaan sai tavaraa, sanoi Sulo.

– En tiedä. Joskushan tässä lähistöllä sahasivat lautoja. Korhomaan talo on niillä vuorattu. Olisikohan niiltä jäänyt...

Sulo tuijotti kattoon.

– Tohon parruun kun hirvi saadaan takajaloista roikkumaan. Valutetaan siinä veri ämpäriin. Sitten vaan paloitellaan se ja kannetaan koteihin. Saat siitä itse puolet, jos haluat.

– Luulin että peuraa, sanoi Lauri.

– Sama se. Saat sinä osan siitä. Ei tarvis ilman eestä rehkiä.

– Ei minulla mitään hinkua ole riistaeläimiin, sanoi Lauri. – Voin ottaa osani vaikka possuna tai makkarana, jos se peura- tai hirvipaisti sinulle kerran niin tärkeää on. Ja jos saat pakastimeesi mahtumaan.

– Kyllä minä saan mahtumaa, vaikka mihin.

– Pitää se peura ensin kuitenkin raahata tänne, sanoi Lauri.

– Sillä pulkalla ja mönkijällä, sanoi Sulo.

– Sinä näemmä olet kaiken jo suunnitellut.

– Olen minä tehnyt tätä ennenkin, monta kertaa. Tekee taas niin mieli hirvipaistia. Ei ne kaupan ruuat, ei ne ole mitään. Saatikka ne sotkut, mitä se kodinhoitaja tuo tullessaan, jotain soseita ja liemiä. Niin laihoja litkuja... Ei niissä lihaa ole ollenkaan. En minä semmoisilla elä, kun olen ikäni tottunut eläimiä syömään.

Lauri jäi katsomaan, kun Sulo touhukkaana etsi lähimetsästä sopivaa paikkaa, minne piilottaa suolet ja muut syötäväksi kelpaamattomat ruhonosat. Suloa katsellessa hänelle tuli aina mieleen, että milloinka mies kompastuu ja satuttaa itsensä, siksi huonolta miehen kävely näytti.

Sulo tuntui löytäneen metsästä sellaiseen sopivan kuopan, seisoi pitkään kuopan reunalla, mittaili sitä katseella, välillä kääntyi katsomaan latoa, välillä metsää. Kasvot pysyivät totisina, mutta silmät loistivat. Mies kai jo näki itsensä hirvipaistia syömässä.

– Niissä on ketuille tonkimista, suolissa, sanoi Sulo. – Jos täällä nyt sitten on kettujakaan. Mutta jos on, niin ne kyllä kaikki todisteet tuhoaa äkkiä.

Lauri vain hymähti. Se vähä kokemus mitä hänellä riistaeläimistä oli, oli erään Arttu Vallikaisen juovuksissa tekemä hirvipaisti. Palan lihaa Arttu oli saanut palkaksi, kun oli ollut kuskina jollekin hirviporukalle.

Mutta kovin oli Artun tekemä hirvipaisti jäänyt sitkeäksi. Ikenet olivat kipeinä vielä viikon jälkikäteen.

Ei häntä sellainen ruokailu huvittanut. Kylällä oli baari jos toinenkin ja niissä ammattilaisia ruokaa tekemässä. Toisaalta kaupoista sai jos vaikka mitä valmista tai puolivalmista ruokaa. Oli vaikka mitä herkkuja ympäri maapallon. Valikoima tuntui lisääntyvän vuosi vuodelta.

Hirvipaisti, se kuului menneisyyteen tai maaseudulle. Ei hänen tietämän mukaan noita outoja peijaisia kaivanneet muut, kuin jotkut muistoissa elävät vanhukset.

Sulo jatkoi matkaa ja matka jatkui taas aina mansikkamaan laidalle asti. Lauri lukitsi ladonoven, asteli hiljaa perässä, vahti sivusilmällä Sulon menoa. Välillä näytti siltä, kuin Sulo etsisi metsästä jotain.

Suloa katsoessa hän taas muisti, miten vetreä ja riuska Sulo oli nuorena ollut, mies parhaasta päästä. Nyt oli enää vain vanhus, näkö hämärtynyt, käsi vapisi, kävely oli kummaa köpittelyä. Ukko haisikin jollekin, ehkä ahneudelle, ehkä kärttyisyydelle, ehkä vanhuudelle.

Luonteeltaankin mies oli muuttunut, oli nykyisin äkäinen ja äkkinäinen.

Ei Sulo kuitenkaan ollut kuin alun toistakymmentä vuotta häntä vanhempi. Hän muisti Sulon ajalta, jolloin itse oli aivan pikkupoika. Hän näki Sulon järvellä pilkkimässä yksinään, silloin kun toiset kai pelasivat jääkiekkoa. Hän näki Sulon samoilemassa metsissä, kun toiset olivat tansseissa tai kapakassa. Sellainen Sulo kai oli aina ollut, viihtynyt yksinään. Jotenkin outona Suloa kai oltiin jo silloin pidetty.

Armeijaan Sulo oli jäänyt, ostanut jostain kaukaa korvesta mökin.

Mies kuitenkin oli lopulta avioitunut, vaimo vain ei ollut korvessa viihtynyt ja pian oli erottu. Yhden lapsen ennättivät tekemään ja se oli jäänyt vaimolle.

Mutta nyt Sulo oli vain tutiseva ukko, ei omin voimin pärjännyt. Mutta kyllä hän uskoi, että Sulon suunnitelma voisi toimiakin. Kai Sulo juuri sillä tavoin oli toiminut, siellä korpimetsässä asuessaan. Siellä mies oli elänyt vuosikymmeniä yksikseen, syönyt mitä metsistä ja järvistä löytyi. Riistaeläimen kaato ja sen ruuaksi valmistaminen oli tuttua puuhaa.

Mutta nytpä ei oltu korpimetsässä. Huoletti se, että asutusta oli niin lähellä ja vaikka talot olivat harvakseen, oli niitä paljon.

Hän kertoi Sulolle:

— Jos joku ihminen kuulee laukauksen ja tulee tutkimaan, löytää kuolleen peuran, niin takuulla soittaa poliisille, soittaa vaikka ei mitään löytäisikään. Ja vaikka me se eläimen ruho vietäisiin mönkijällä minnekä asti tahansa, niin poliisit kyllä löytävät jälkiä, löytävät ainakin mönkijän jälkiä. Meidät kun on täällä jo moni nähnyt, niin takuulla tulisivat sinunkin mönkijän renkaita mittailemaan. Kyllä minä olen teeveestä näitä tapauksia nähnyt, vaikka mitenkä monta. Ottavat ne sitten minutkin kiinni.

— Ei sinusta kukaan piittaa, sanoi Sulo. — Minä vastaan kyllä kaikesta.

— Ei kai siinä sinun vastaaminen taida riittää. Kyllä siitä minullekin ongelmia seuraa.

— Ei siitä mitään seuraa. Ammutaan hirvi niin saada ruokaa. Minun on nälkä.

— Onhan tuolla mansikoita.

— Pieniä, punaisia marjoja. Ei mies mansikoita syömällä elä.

Lauri kysyi:

– Mitä se marjanviljelijä siellä ladolla oikein teki?

– Ei siitä tarvis välittää, sanoi Sulo. – Ei se meitä käräytä, vaikka näkisikin mitä tehdään. Annetaan sille vaikka hirvenreisi, niin on hiljaa. Sillä taitaa nyt olla ihan omia puuhia. Vartioi niitä mansikoitaan niin äkäisenä. Tuollahan oli... Kun saan mahani täyteen, otan sitten selvää siitä, että mitä se oikein touhuaa.

– Mutta kun se juuri samalla ladolla käy, mihin mekin ollaan menossa. Ei kai se sinne suunnittele mitään.

– Mitä se nyt sinne?

– Jotain kylmävarastoa tai jotain.

– Ei suunnittele. Ei ainakaan ole kertonut.

– Ai, sinä tiedät sen.

– Kai minä oman poikani tiedän. Reeta on käynyt kylässä monta kertaa. Mitä kylttejä se tänne on ripustanut? Näetkö sinä lukea?

– Tässä lukee, että ”Varokaa, ansoitettu alue”, sanoi Lauri. – En minä täällä kyllä mitään ansoja ole nähnyt.

– Ei niitä kai enää olekaan. Mutta katsotaan nyt kuitenkin.

– Onko se mansikkatarhuri tehnyt tänne ansoja? Mitähän se oikein aikoo?

– En minä tiedä mitä se aikoo, sanoi Sulo. – Mutta kun saadaan hirvi kaadettua ja kunnolla syötyä, niin minä menen ja puhun sen kanssa.

– Mitä jos se tarhuri on täällä yöllä vartiossa?

– Mitä se nyt täällä vartioisi?

– Varkaita, mansikkavarkaita.

– Ei kai se yöllä niitä vartio, sanoi Sulo. – Ei kai se niin hullu ole. Ehtiihän niitä päivälläkin…

12.

Yhä synkempiä ajatuksia virtasi Roopen mieleen. Entä jos ansa olikin kiinni hirven jalassa? Hirvi joutuisi kuljettamaan ansaa mukana lopun ikäänsä. Se pahasti haittaisi hirven liikkumista. Se joutuisi linkuttamaan ruuan perässä rautainen hökötys jalassa. Hirvi kai kokisi hitaan, tuskallisen kuoleman.

Harmitti nyt kovasti oma hätäily. Mitään kiirettä hänellä ei olisi ollut. Mansikat olivat vielä raakoja valtaosin. Hän olisi voinut suunnitella tekemisiään kaikessa rauhassa monta päivää. Mutta hänen piti saada saman tien viritettyä ketunraudat metsään. Siinä hän oli tehnyt pahan virheen.

Nyt hän ei tiennyt edes sitä, oliko ansa jonkun eläimen jalassa kiinni, vai oliko joku ihminen sen vienyt. Se olisi pitänyt rautalangalla sitoa puuhun niin, ettei ainakaan mikään eläin sitä olisi puremalla irti saanut.

Hän oli hätäillyt ja tunaroinut pahasti, eikä se ollut läheskään ensimmäinen kerta hänen elämässä. Mieleen tuli samassa useita tapauksia, joissa oli toiminut yhtä ajattelemattomasti.

Hän kulki metsässä päämäärättä sinne tänne. Ei hän osannut kuvitella, minne hirvi piiloutuisi ketunraudat jalassa. Hän vain kulki ja kulki, yhä syvemmälle metsään ja se tuntui oudolta. Metsä kuin nielaisi hänet sisäänsä. Ympärillä puut olivat suuria ja jykeviä ja kai myös vanhempia kuin hän, ehkä myös viisaampia, ainakin sillä hetkellä siltä tuntui.

Aluksi puut näyttivät vähän uhkaavilta, mutta kun hän kulki metsään syvemmälle, puut muuttuivat lempeiksi ja ottivat hänet syliin. Ne katsoivat häntä, ne hyväilivät häntä. Tuntui että puissa viihtyvät pikkulinnut lauloivat juuri hänelle.

Viime aikoina metsä oli usein tuntunut kuin viholliselta, se oli hänen vihollisten, mansikkavarkaitten lymypaikka.

Mutta ei hän nyt nähnyt vihollisiaan. Hän näki vain varpuja, pensaita ja puita ja puiden latvojen yllä palan sinistä taivasta. Hän tunsi kasvoillaan metsän vienon, lempeän tuulen. Oli hiljaista, oli rauhallista. Vain silloin tällöin joku pikkulintu pyrähti lentoon kadotakseen samassa.

Silloin kun alkoi mansikoita viljelemään ja raivasi vesakkoa pelloltaan, ei hän metsää ajatellut. Vain se vähän harmitti, kun metsänreunalla kasvavat puut veivät ravintoa mansikkamaalta. Myöhemmin metsä oli se vihollisalue, mistä varkaat, eläimet ja ihmiset, pääsivät tunkeutumaan hänen mansikkamaalle.

Nyt hän tajusi, että ei metsä ollut vihollinen, ei edes metsän eläimet. Vihollisia olivat ihmiset, jotka metsien kautta kiersivät mansikkavarkaisiin.

Metsä oli viaton.

Hän kulki metsässä suuntaa vailla, välillä unohti, että oli etsimässä kettua tai hirveä ja ketunrautoja. Ja metsä piti häntä sylissä kuin äiti lastaan, metsä tuuditti häntä, piti hänet kuin puoliksi unessa. Hän huomasi kuuluvansa metsään. Hirvi, karhu, kettu, jänis, orava, käpytikka ja hän, olivat kuin yhtä perhettä, perhettä, jota hän ei vielä koskaan ollut ajatellut.

Tai ehkä perheen muodostivatkin kasvit: mänty, koivu, kuusi, saniainen, mustikanvarpu ja puolukka. Ehkä siinä oli hänen uusi perhe.

Puita oli joka puolella. Ne vain olivat, ne olivat aina eläneet niin. Ne kuuluivat siihen missä olivat, eivät tahtoneet minnekään muualle. Ne eivät väistäneet ketään, eivät pelänneet ketään. Ne olivat ja pysyivät niillä paikoilla, joille olivat syntyneet.

Hän mietti, että mitä kaikkia puita oikein tunsikaan. Mänty ja kuusi ja koivu tulivat mieleen heti, hetken päästä muisti vielä pihlajan ja myöhemmin katajan. Muiden puiden nimiä hän ei tiennyt. Mutta muitakin puita ympärillä kasvoi monen montaa eri sorttia. Ne olivat pienempiä kuin männyt ja kuuset ja koivut, mutta kasvoivat sijoillaan silti.

Pitäisikö tutustua myös pienempiin puihin? Niitä tuntui paikoin olevan hyvinkin paljoa.

Ja siinä aivan nenän edessä seisoi valtavan suuri mänty. Mitenköhän vanha se jo oli, kuinkakohan korkea? Sen alin oksakin oli valtavan korkealla ja oli paksu kuin mikä. Jo yhdellä oksalla saunan lämmittäisi parikin kertaa. Käpyjä noin suuri mänty takuulla tuottaisi satamäärin ja jokaisessa kävyssä olisi tuhoton määrä siemeniä. Jo yhden kävyn siemenillä metsää istuttaisi hehtaarikaupalla.

Se oli mahtava puu. Se kai oli metsän valtias. Havunneulasia siinä varmaan oli melkein miljoona. Olikohan siinä pikkulinnuilla pesiä? Ehkä oravalla. Hyönteisiä siinä takuulla oli monenkirjava joukko. Se seisoi siinä niin kuin olisi juuri siinä seissyt aina. Tuo puu sukulaisineen huolehti siitä, ettei maapallon ilmasto lämmennyt liikaa. Niin oli Junnu hänelle kertonut ja myöhemmin myös hänen oma vaimo.

Ehkä siinä jotain perää olikin. Pitäisikö hänen vähän enemmän kunnioittaa noita outoja, vaiteliaita olentoja?

Hän muisti samassa senkin, että ei itse koskaan ollut kaatanut puita. Kaikki ne puut, joita hän hellassa tai kiukaan alla oli polttanut, olivat aina olleet jätepuuta, jostain ilmaiseksi saatuja. Ei edes joulukuusta oltu koskaan metsästä haettu.

Muuan toinen mies kulki metsässä, seisahtui aivan ykskaks hänen vierelle, käänteli hetken päätä sinne tänne, jäi sitten katsomaan mäntyä kuin kummissaan. Kun ei puussa mitään outoa nähnyt, kääntyi katsomaan häntä.

– On siinä komea mänty, Roope sanoi. – Mitenhän vanha se on jo tuokin mänty? On täällä kyllä monen sorttisia puita.

Mies hymyili jotenkin vinosti, sanoi.

– Metsissä on paljon puita. Puun ikää en osaa arvioida. Vuosirenkaista sen pystyisi laskemaan, mutta silloin puu pitäisi ensin kaataa eli tappaa.

– Ei tapeta puita, ei tapeta, hän sanoi.

Mies jatkoi matkaa.

Miehen vino hymy harmitti Roopea. Olisi tehnyt mieli pysäyttää mies ja kertoa, kuka hän itse oikein oli. Hän oli farmari, mansikkatarhuri. Ei hänellä olisi ollut aikaa joutilaana metsässä kulkea puita katselemassa, ellei olisi tehnyt niin pahaa virhettä ketunrautojen kanssa.

Mutta mies katosi jo näkyvistä.

Hän istui tuulenkaataman puun päälle, mutta kimposikin jo samassa ylös. Puuhan oli kuollut. Ei hän voinutkaan vainajan päälle istua.

Hän jatkoi metsän katselua. Männyn ympärillä oli paljon samanlaisia puita, oli kuusia ja oli koivuja ja kaikkia noita pienempiä puita. Ne kaikki vain olivat siinä, seisoivat paikoillaan kuin siihen kuuluisivat. Ne pysyivät sijallaan syntymästä kuolemaan. Ne katsoivat maailmaan samalla paikalla vuodesta toiseen. Ne eivät yrittäneet maailmaan muuttaa, ne vain olivat.

Toisin oli ihmisen laita, hän huomasi. Ihminen oli aina menossa tai tulossa. Ihmisen piti aina yrittää jotain, ihmistä patistettiin yrittämään jotain. Heti vauvana piti opetella puhumaan ja konttaamaan, sitten kävelemään. Kouluun piti mennä, ja yrittää oppia lukemaan ja laskemaan. Vapaa-aikoina piti yrittää jossain jonninjoutavassa pallopelissä pärjätä paremmin kuin muut. Ja aikuiseksi vartuttua yrittäminen vasta alkoikin, pelkkää yrittämistä ja työtä koko elämä eläkeikään asti.

Ihminen, se vietävän peto, sen piti aina jossain kaivaa maata, kaataa puita, rakentaa jotain vain joutavaa, raivata ja raiskata, varastaa mansikoita.

Ihmisen piti yrittää.

Ja olipa hän itsekin yrittänyt sitä sun tätä, ollut monen monessa työpaikassa yrittämässä, ei tosin kovin kauaa missään viihtynyt. Ennen kuin ryhtyi mansikoita viljelemään, tuntui että kaikki tekemänsä työ olikin ollut aivan turhaa. Kaiken yrittämisen tarkoituksena oli ansaita rahaa, tehdä rahalla elämästä onnellista. Mutta kaikki saamansa rahat, ne olivat huvenneet noin vain. Jäljellä oli vain pieni eläke ja mansikkamaa.

Roope asteli metsässä, katseli puita, katseli pensaita, kuunteli pikkulintujen lauluja. Maalla hän tunsi asuvansa ja asuikin kun asiaa oikein ajatteli, vaikka matkaa lähimpään kaupunkiin ei ollut kuin parikymmentä kilometrejä. Lähistölle ei oltu rakennettu ainuttakaan kerrostaloa, rivitaloja toki oli viime aikoina ilmestynyt kylän keskustan lähelle sitäkin enemmän. Mutta kilometri tai pari keskustasta, niin kaikki näytti aivan maalaiselta. Oli metsää, oli järviä, oli peltoja, oli latoja, omakotitaloja siellä täällä. Läheisen kartanon rakennukset ja pellot olivat olleet samanlaisia kai jo sata vuotta.

Maaseudulla hän asui, mutta metsässä hän ei ollut kulkenut kai koskaan aikuisena, ei edes pelloilla tai niityillä. Ei hän ollut koskaan metsästänyt eikä kalastanut, ei ollut poiminut sieniä tai marjoja, ei ollut käynyt edes mato-ongella kuin joskus poikasena.

Hänen isä sen sijaan oli elänyt korpimetsässä koko aikuisikänsä, hän muisti nyt. Isä oli metsästänyt ja kalastanut, haalinut metsistä miltei kaiken mitä elämiseen tarvitsi. Hän oli aina pitänyt isää vähän omituisena, lapsena ja nuorena jopa hävennyt moista erakkoa.

Jo lapsena oli tuntunut siltä, että metsä oli vienyt häneltä isän. Isä oli viihtynyt peremmin metsässä puiden ja eläimien kanssa, kuin hänen ja äidin kanssa kotona.

Hieman paremmin hän nyt ehkä ymmärsi isäänsä. Metsän taika tehosi jo häneenkin. Oliko se sama taika, joka oli saanut isän muuttamaan Lesomaan korpimetsään.

Entä olivatko hänen isovanhemmat kulkeneet metsissä hänen isän lailla? Olivatko asettuneet aloilleen vasta sitten, kun saivat lapsen. Olivatko navetan rakentaneet vain siksi, että lapselle riittäisi maitoa pahoinakin aikoina? Olivatko sitä ennen vain kulkeneet metsässä metsästäen ja kalastaen, sieniä ja marjoja keräten?

Olisiko hän itsekin elänyt kuten isänsä tai isoisänsä, jos olisi sattunut syntymään samalla vuosikymmenellä, tai joskus aikaisemmin?

Mutta toisin kuin isänsä, hänellä ei ollut mitään tarvetta tai halua tappaa eläimiä. Niin nälkä ei koskaan tuntunut olevan. Nykyisinkin hänelle riitti se, että eläimet pysyivät poissa mansikkamaalta.

Hän huomasi viihtyvänsä itsekin metsässä, olisi voinut jäädä metsään vaeltamaan päiväkausiksi. Sen esti vain tuo kadonnut ansa. Mutta jos hän löytäisi ketunraudat, hän saisi ehkä rauhan.

Hän oli kai tehnyt isonkin lenkin metsässä, putkahti ihmisten ilmoille kylän toisella puolella monen kilometrin päässä kotoa.

Piti palata arkisiin mietteisiin. Hän arveli, että loukun olikin vienyt joku ihminen, ehkäpä joku luonnonsuojelija. Ehkäpä juuri Junnu Kaakuri. Sellaiset

teot kai kuuluivat luonnonsuojelijoiden toimiin. Pitäi-
sikö mieheltä itseltään suoraan kysyä?

13.

Reeta katseli mansikkamaata huolestuneena. Marjat olivat paikoin kypsiä ja niille riitti kysyntää. Monikin tuttava oli niitä jo tiedustellut. Hän oli väistänyt kysymykset vastaamalla, että mansikkamaa oli enemmänkin Roopen kuin hänen.

Roope vain oli jossain muualla, eikä hän tiennyt missä. Viime päivinä tämä oli aamulla jo kukonlaulun aikaan lähtenyt jonnekin, ei palannut kotiin edes syömään. Jos Roope milloin kotona kävikin, tuntui että vältteli häntä, kävi syömässä silloin, milloin hän oli poissa.

Teki mieli jättää työt tekemättä. Roopen peltoa, Roopen mansikoita. Tulkoot Roope itse hoitamaan marjansa.

Roope ei tullut.

Maitokaupassa muuan Manta Ristilä kertoi hänelle, että aviomies oli Roopen nähnyt metsässä kulkemassa sinne tänne.

– Ei kerännyt marjoja eikä sieniä, kulki vain edes takaisin kuin olisi etsinyt jotain. Ei sillä ollut mukana edes mitään koria, mihin sieniä tai marjoja kerätä, ei ollut pyssyä eikä onkea, se vain kulki sinne ja tänne, katseli kaikkea kuin ei ennen olisi metsää nähnyt.

Kun olivat hetkeksi jääneet aivan kahden, Manta oli alentanut ääntään ja sanonut:

– Väitti meidän ukko, että ihan näytti siltä, kuin se olisi puhunut jollekin. Puulle. Männylle. Ei se sen sanoista mitään selvää saanut, mutta että puulle puhui. Niin meidän ukko sanoi.

Ei Reeta osannut noista jutuista huolestua. Oli Roopen usein ennenkin viettänyt outoja aikoja. Varsinkin milloin viinan kanssa lotrasi, saattoi kulua viikkokin, ettei mies maailman menosta paljoa mitään tiennyt.

– Tuli vain mieleen minulle, sanoi Manta, – että tekeekö siellä metsässä jotain liemiä. Vaikka sitä kiljua tai pontikkaa. Semmoiset viinakset kyllä laittavat heikon pään sekaisin.

– Kyllä sen pontikkaa täytyy olla, Reeta sanoi. – Ei Roope miedommista juomista sekoile. Mutta pontikka kyllä on semmoista...

Illalla mies kuului kolistelevan vajassa. Hän kiirehti luo, sanoi:

– Niitä mansikoita, ihmiset kyselevät, että koska voivat hakea. Minä muutamalle tuttavalle olen jo luvannut niitä.

Roope oli kuin ei olisi kuullutkaan.

– Että milloinka alat myymään niitä, hän huusi.

– No etkö sinä voi myydä niitä, Roope sanoi. – Minulla on nyt vähän muuta puuhaa. Myy pois mitä vaan saat myydyksi.

Samassa mies taas oli lähdössä jonnekin, ei päässyt kuin mansikkamaan laitaan, kun muutti jo mielensä ja palasi takaisin, tutki laatikoita ja tutki komeroa, käveli sitten uudelleen mansikkamaalle.

Vaimo jäi hetkeksi katsomaan miestään. Mitähän tuo ukko nyt suunnitteli? Sitä uutta aitaako? Vai pontikkapannua? Ei mies kuitenkaan pahasti päissään näyttänyt olevan.

Mansikkamaataan mies oli hoitanut hyvin, se hänen oli myönnettävä. Ehkä vähän liiankin hyvin. Kaikki mansikkamaalla oli niin viimeisen päälle, kuin olla ja voi. Vaot olivat suoria kuin viivoittimella vedettyjä, taimet olivat terveitä ja terhakoita. Mies lannoitti niitä hevosen lannalla. Lantaa Roope levitteli tasaisesti kaikille taimille, näytti välillä kuin olisi lantapaakkuja jakanut käsin pienempiin osiin, niin että jokainen taimi sai lantaa tarkalleen yhtä paljon. Kuivina aikoina mies kasteli taimia ahkerasti purosta pumppaamalla vedellä.

Heti lumien sulettua keväällä mies oli kulkenut mansikkamaalle, etsimällä etsinyt rikkaruohoja kitkettäväksi. Oli sitten keksinyt rakentaa ruman aidan koko komeuden ympärille, aidan, jota myöhemmin oli yhtenään korjaillut. Enää ei edes aita miestä kiinnostanut.

Silloinkin kun mansikkapellolla ei työtä ollut, mies oli kävellyt peltoa päästä päähän uudelleen ja uudelleen.

Tuvassa Roope oli nojatuolin siirtänyt niin, että näki siitä mansikkamaan. Sitä maisemaa oli katsellut koko talven, vaikka talvella ei mansikkamaalla mitään tapahtunut. Joskus hän oli siirtänyt tuolin toiseen paikkaan, mutta Roope oli siirtänyt sen samassa takaisin. Hän oli ensin luullut, että tuoli oli Roopelle rakas, olihan se Roopen isoisän aikaisia. Mutta ei mies itse tuolista piitannut, vain maisemasta.

Tuo päiväkausia kestävä saman maiseman tuijottaminen oli tuntunut hänestä vähän sairaalta.

Satokaudella työtä oli sitäkin enemmän, piti poimia marjoja, piti myydä, yhtenään piti puhelimeen vastata. Satokauden aikaan hän oli muina kesinä usein ollut miestään auttamassa, oli edellisenä kesänä poiminut marjoja välillä aamuvarhaisesta iltamyöhään.

Mutta mansikkapelto oli aina ollut Roopen valtakuntaa, hän oli ollut aina vain apuri. Muulloin hän ei mansikkapellosta ollut piitannut, oli vain katsellut ikkunasta tai pihalta sitä, mitä mies siellä milloinkin touhusi.

Kovin Roopelle tuntuivat mansikat olevan tärkeitä, tärkeämpi kuin mitä mitkään toisten työt olivat olleet. Työttömyyden ryydittämä työelämä olikin päättynyt Roopen kohdalla varhain. Jos mies olisi toisten töihin suhtautunut samalla lailla kuin omaan mansikkapeltoon, he kai nyt olisivat rikkaita.

Vaikka Roope töissä ollessaan oli valittanut milloin mitäkin vaivaa ja sairautta, varsinkin selkää, ei miehessä sairaseläkkeelle päästyään tuntunut olevan mitään vikaa.

Muiden töistä mies oli riemumielellä jäänyt eläkkeelle.

Hän itse oli päässyt eläkkeelle pian Roopen jälkeen. Paikat eivät tahtoneet kestää siivoojan töissä. Joskin viimeisinä työvuosina työvälineet olivat selvästi parantuneet. Mitään raskasta ei tarvinnut kantaa, kumarassa ei tarvinnut liikoja olla, kontata ei tarvinnut koskaan. Eivät siitä nuorena kipeytyneet paikat kuitenkaan enää parantuneet. Toisaalta työvauhti tuntui vain kiihtyvän. Ulkomailta tulleet nuoret siivoojat tekivät työtä juoksujalkaa. Ehkä palkka heille oli hyvä, kun olivat kotimaassaan tottuneet huonompaan.

Hän oli eläkkeelle jäätyään hoitanut kaikki kotityöt. Roope oli aluksi vain makoillut ja kävellyt sinne tänne, mutta kun mansikoita innostui kasvattamaan, oli mies innostunut toden teolla. Muuhun ei kesäaikaan aikaa riittänyt, vain mansikoille.

Mutta tänä vuonna kaikki tuntui olevan toisin. Mies tosin oli hoitanut mansikkamaata kevään ja alkukesän, mutta satokauden alettua tuntui unohtaneen mansikat. Moneen päivään miestä ei pellolla näkynyt. Eikä mies edes kertonut, mitä oli päivisin tehnyt. Se tuntui oudolta. Yleensähän mies kyllä kaiken kertoi, vaikka hän ei läheskään aina kuunnellut.

Ilma oli lämmin ja aurinkoinen, mansikat kypsyivät nopeasti. Ehkä ovat kohta ylikypsiä. Hän poimi niitä minkä ennätti, mutta vähän väliä piti keskeyttää työ, kun uusi mansikanostaja ilmestyi paikalle.

Nyt oli vuoressa Livistin rouva, tahtoi 5 litraa.

– Sinäkö näitä nyt vallan hoidat, rouva Livisti sanoi. – Minä kun luulin, että miehesi. Missä hän muuten on?

– En tiedä missä on, vastasi Reeta. – Hoiti mansikoita niin ahkerasti kun olivat raakoja. Nyt kun ovat kypsiä ja pitäisi niitä poimia ja myydä, nyt kuulemma vaeltaa metsässä. Mutta olkoot. Rahoja ei näe, ellei mitään teekään.

– Eikö siinä ole paljon työtä.

– Liian paljon. En minä taida selvitä tästä mitenkään.

– Ei niistä miehistä ole mihinkään. Sinun pitää palkata joku poimimaan. Hoidat itse vain myyntitöitä.

Reeta jäi tuota miettimään. Näytti jo selvältä, että yksin hän ei urakasta selviäisi. Hän tuskin ennätti mansikkamaalle poimimaan, kun jo soi puhelin, tai pihalle kääntyi auto ja seuraava mansikanostaja oli valmiina.

Edellisinä vuosina Roope oli hoitanut myynnin, hän oli vain poiminut marjoja.

Nyt ei itse työstä tullut mitään.

Mutta tunsiko hän kylältä ketään, joka suostuisi mansikoita poimimaan? Ei sellaisia ihmisiä vain tuntunut olevan.

Omassa nuoruudessa hän olisi löytänyt montakin tyttöä ja poikaa, joille työ olisi kelvannut. Mutta he olivat kaikki jo vanhoja, olivat missä lie tärkeissä töissä, jos olivat enää töissä ollenkaan, jos olivat elossakaan. Kaikki kylän nuoret olivat hänelle vain kasvottomia ihmisiä. Ei hän tiennyt mitä he tekivät, mitä elämältä odottivat. Tuskin ainakaan tahtoivat pienipalkkaista työtä paahtavan auringon alla. Kun ei itsellä ollut lapsia, ei hän sitten ollut kiinnittänyt mitään huomiota muiden lapsiin ja nuoriin.

Jaa, mutta olihan lähellä se Junnu...? Mikähän miehen sukunimi olikaan? Sama Junnu, joka oli auttanut Roopea aidan teossa. Onnistuisiko nuorukaiselta mansikanpoiminta, jos tarjoaisi samaa palkkaa kuin mitä Roope oli nuorukaiselle maksanut aidan rakentamisesta? Pitäisi vaan muistaa miehen sukunimi. Mutta olihan hän nähnyt, kun Roope otti miehen henkilötiedot ylös. Ehkä siinä olisi puhelinnumero.

Junnun muistaminen toi hieman hymyä huulille. Häntä hykerrytti se, kun Junnu oli hänen seurassa viihtynyt paremmin kuin Roopen seurassa, vaikka Roope oli nuorelle miehelle palkan maksanut. Oliko näyttänyt jopa siltä, että Roope olisi ollut vähän mustasukkainen, tuijotteli heitä alta kulmain matkojen päästä.

Seuraavan asiakkaan mentyä hän soitti Junnulle, kertoi puhelimessa, että on hätätapaus.

– On mansikat pian ylikypsiä, jos ei poimita pois. Mätänevät kohta pellolle. Kyllä minä työstä maksan sen minkä Roopekin maksoi.

Hyvin nopeasti Junnu paikalle ennättikin, mukana nuori nainen, jonka esitteli Kerttuliksi.

– Vai on Roope kadonnut, sanoi Junnu.

– Vaeltaa jossain kuin rauhaton sielu, eikä kai itsekään tiedä, että missä ja minne. Mutta kun saadaan nuo mansikat poimittua ja myytyä, minä sitten selvitän, että mikä sitä vaivaa.

Hän selitti nuorille työt. Kerttuli osoittautui kyvykkäästi myyjäksi. Mansikan litrahintaa korjattiin samantien ylöspäin.

– Jos ne kerran luomua ovat, Kerttuli sanoi. – Joku tutkimus kertoi, että luomutuote saa maksaa kolmanneksen enemmän kuin tavallinen, niin silloin ihmiset pitävät sitä vielä edullisena ja ostavat. Jos luomu maksaa yli puolet enemmän, se koetaan liian kalliiksi.

Silloin Junnu oli jo työssä.

14.

Roopen mieleen oli syöpynyt tuo uni, missä hänen näköinen poika astuu ketunrautoihin. Hän uskoi, että jos löytäisi ketunraudat ja rikkoisi sen pieniin osiin, uni haihtuisi mielestä. Mikään muu ei tuntunut auttavan.

Hän oli siksi etsinyt ketunloukkua metsästä usean päivän ajan, tajusi lopulta, ettei kai löytäisi sitä ikinä. Sehän saattoi olla aivan missä tahansa. Joku oli sen vienyt, eläin tai ihminen.

Jos ansa oli takertunut hirven ja jonkun muun eläimen jalkaan, saattoi se olla jo kilometrien päässä, kulki aina vain kauemmaksi hänestä. Ei hän sitä löytäisi ikinä.

Hän kuitenkin päätteli, että loukun oli vienyt joku ihminen, ja että tuo ihminen oli ehkä sama, joka hänen mansikoita näpisti.

Mutta oliko varas säikähtänyt, kun löysi metsästä ketunraudat? Sitä hän ei tiennyt.

Aita näytti ehjältä edelleen. Merkkejä mansikkavarkaista ei näkynyt.

Metsässä oli aikaa ajatella ja hän päivien päästä päätteli, että jos joku ihminen oli ansan vienyt, tämä kertoisi siitä jollekin, joka kertoisi siitä edelleen jollekin toiselle, kunnes asiasta tietäsi koko kylä. Siksi hän kulki kylälle, norkoili kioskilla ja kaupan liepeillä.

Mutta väkeä paikalla oli vähän, eikä hän päässyt keneltäkään kyselemään kylän juoruista.

Siitä hän näki myös keskikaljabaarin. Oli hän siellä joskus käynytkin, viimeksi kevättalvella, kun oli etsinyt aidantekijää mansikkamaalle. Ei hän sieltä työmiestä ollut löytänyt, ei siellä silloin ollut ketään oikein työmiehen näköistäkään. Ehkä he olivat konemiehiä ja sitä kautta jonkinmoista sukua työmiehille, mutta ei kai semmoisia miehiä oikeisiin töihin voisi pyytää.

Mutta sillä käynnillä hän oli huomannut, että baarissa nuo ukot kaiken olivat tietävinään, juoruilivat paikalla aamusta iltaan. Joku heistä varmasti olisi kuullut, jos joku olisi ketunraudoissa satuttanut itsensä. Tietäisivät takuulla senkin, jos joku vain ohikulkija olisi ansan löytänyt ja vienyt mennessään, kertonut tuttavilleen.

Heitä hän nyt katseli, kaljan turruttamia ukkoja ja oli joukossa joku akkakin. Kahvia juovat vaiteliaat työmiehet istuivat etäällä heistä.

Hän istui aluksi aika kaukana noista kaljoittelijoista, mutta ei liittynyt myöskään kahvittelijoiden joukkoon, istui kahden väestöryhmän välissä yksinään. Jotkut tuijottivat häntä uteliaina kuin kummajaista.

Hän kuunteli kahvikupin voimalla vartin, siirtyi lähemmäksi kaljoittelijoita, osti itselleenkin olutta, kuunteli toisen vartin. Paljon kaljoittelijoilla juttuja riitti toisilleen kerrottavaksi, mutta jutut olivat enimmäkseen muinaisia työasioita, tai kertomuksia ryyppyreissuista, tai perhe-elämän kommelluksista.

Ketunrautoja ei mainittu, ei puhuttu metsästyksestä tai kalastuksesta.

Hän vähän tuskastui, sanoi:

– Jokos se pian metsästysaika alkaa?

Yksi kaljoittelijoista kääntyi häntä kohti, kysyi.

– Riippuu vähän siitä, mitä olet metsästämässä. Sorsiako?

– Vaikka sorsia, hän sanoi. – Tai voisinhan minä rusakoitakin vähentää. Ne minun mansikkamaalla käyvät, ne rusakot ja jänikset, niin ja peurat. Tallaavat taimia.

– Sorsastus alkaa 20 elokuuta, hirvenmetsästys muistaakseni alkaa täällä etelässä 14 päivä lokakuuta. Eli ei vielä vähiin aikoihin. Rusakoista en tiedä, enkä jäniksistäkään.

Juttu siitä sitten kääntyikin metsästykseen. Kyllä joku heistä sentään oli hirviporukassa joskus muinoin mukana ollut, ja siitä riittikin pitkäksi aikaa puhetta. Kun hän koetti ottaa puheeksi ansapyyntiä, he vaikenivat pitkäksi toviksi. Viimein tuo yksi mies, sama, joka hirviporukassakin joskus oli mukana ollut, sanoi:

– Se ansapyynti, tai loukkupyynti, se nyt on semmoista. Se on epäinhimillistä. Ei oikeat ihmiset sellaista harrasta. Ehkä joskus ennen muinoin nälkä ajoi tavallisenkin ihmisen loukuilla pyytämään, mutta ei nykyään. Hiiriä ja rottia voi loukuilla pyytää, mutta ei sellaisia metsästykseen käytetä. Ei sellainen ole urheilua.

Koko seurue tuntui tuomitsevan loukkupyynnin. Ei hän tiennyt, miten noille ihmisille kertoisi, että oli kadottanut ketunraudat.

Juttu kääntyi siihen, minkälaista kipua ansapyynti eläimelle tuottaa. Muistipa joku mainita senkin, että jalastaan ketunrautoihin jäänyt kettu puree vaikka jalkansa poikki, että pääse ansasta pakoon.

– On siinä ketulla hirvittävät kärsimykset, sanoi joku.

Roopea tuo satutti. Tuli mieleen, että vaelsiko metsässä nyt kolmijalkainen kettu. Miten se voisi siellä pärjätä. Jänistä ei kolmella jalalla kiinni juostaisi.

Lähtiessään baarista Roope tunsi itsensä aivan täydeksi roistoksi ja hylkiöksi.

Jopa nuo päivästä toiseen kaljaa litkivät ihmiset tuomitsivat loukkupyynnin.

Hän päätti, ettei ikinä kerro ketunraudoista kenellekään. Kun vain löytäisi tuon ansan, hän sahaisi sen rautasahalla pieniksi palasiksi.

Kun vain löytäisi sen.

15.

Mansikkamaan laidalla piti pysähtyä katsomaan tienoota. Hän oli pitkästä aikaa kirkkaassa päivänvalossa kotona. Kaikki näytti olevan ennallaan, paitsi että mansikat olivat kypsyneet ja niitä oli paljon. Saattoivat olla jo ylikypsiä.

Pihalla oli kaksi vierasta autoa ja toisen auton vieressä seisoskeli joku mies.

Hän kulki mansikkamaan vierestä. Mansikkamaalla poimi marjoja koriin hänelle aivan vieras, nuori nainen. Kauempana samaa teki joku mies, jonka hän tunnisti Junnuksi, kun mies nousi suoristaakseen selkäänsä.

Mitä he hänen mansikkamaalla tekivät?

Auton vieressä seisova mies ei hänestä piitannut, katseli taivaalle.

Kotona ei ollut ketään ja jostain sai vaikutelman, että ei siellä muutamaan päivään ketään ollut käynytkään. Kaikki tuntui vieraalta, vaikka hän oli ollut poissa vain muutaman päivän. Kaikki näytti niin arkiselta, nuhjuiselta. Pölyä oli paljon.

Missä oli vaimo?

Löytyi jääkaapista sentään lenkkimakkaraa ja leipää. Tiskialtaassa oli paljon likaisia astioita. Kahvinkeitin oli poissa.

Hän asteli makkaraa pureskellen huoneesta toiseen. Vaimoa ei näkynyt, ei näkynyt ulkonakaan, vaikka hän tuijotti jokaisesta ikkunasta vuorollaan ulos.

Hän astui rapuille. Mansikkamaalla poimimassa ollut nainen kulki ohi, vei täyden mansikkakorin liiteriin. Siellä taisi väkeä olla enemmänkin ja sieltä vaimokin sitten löytyi, mansikoiden keskeltä. Paikalle oli myös kaksi hänellä vierasta naista. Hän tajusi pian, että vaimo oli myymässä marjoja. Nuo autot pihalla olivat kai asiakkaiden kulkuneuvoja. Mansikkamaalla näkemänsä nuori nainen auttoi vaimoa myyntityössä, tämä kun joutui kesken kaiken vastaamaan puhelimeen. Seuraava asiakas oli jo tulossa, etsi parkkitilaa pieneltä pihalta. Junnu tuli mansikkamaalta täyden marjakorin kanssa.

Liiterissä marjat vaihtoivat omistajaa, setelit myös.

Hän katseli touhua hetken. Liiteri oli muuttunut myyntikojuksi. Asiakkaita tuli ja meni yhtenään. Marjoja oli ämpäreissä ja laatikoissa. Näkyi paikalla kahvinkeitinkin. Liiterissä olleet polttopuut oli ladottu liiterin taakse pinoon.

Muutamassa hetkessä vaimo oli saanut asiat rullaamaan. Häneltä siihen oli kulunut vuosia. Joskus alkuaikoina hän oli laittanut asiakkaat itse marjoja poimimaan, mutta kun nuo vietävät tallasivat taimia ja aina kun hän selkänsä käänsi, söivät mansikoita. Kun oli itsepoiminnasta luopunut, oli mansikkasesonki ollut aina yhtä kaaosta. Aika ei tahtonut riittää mihinkään.

Työ mansikkamaalla vaimon johdolla tuntui sujuvan hyvin, paljon paremmin kuin mitä oli kuvitellut. Nuoret poimivat marjoja, vaimo myi niitä liiterissä. Asiakkaita tuli tasaisesti lisää, lähtivät tyytyväisinä.

Hän siis aivan oikeasti oli tarpeeton omalla mansikkamaallaan. Hän oli omalla mansikkamaalla kuin vieras, joutavanpäiväinen ihminen.

Eivät nuo ihmiset piitanneet hänestä mitään, ei vaimo, ei Junnu, eikä tuo vieras nuori nainen. Tuskin mansikanostajatkaan piittasivat siitä, kuka marjat oli istuttanut, kuka oli kitkenyt, kuka oli lannoittanut ja kuka oli kastellut taimia.

Mahaa vihlaisi ilkeästi. Ripuliako se tekee?

Kun asiakkaat hetkeksi vähenivät liiteristä, hän meni vaimoaan tapaamaan.

– Vielähän sinäkin elät, Reeta sanoi. – Ajateltiin Kerttulin kanssa...

– Minkä Kerttulin?

– Se on tuo tyttö. Auttaa minua mansikoiden kanssa. Niin kuin auttaa Junnukin. Kun sinua ei näkynyt, palkkasin heidät. Kerttulilta se tämä myyntityökin sujuu sutjakkaasti. Ajattelin, että tänne liiteriin pitäisi jokin kylmäkaappi asentaa marjoille. Pilaantuvat helteessä niin nopeasti. Jatkojohdolla sain virtaa kahvinkeittimeen. Ei täältä ennätä kotiin edes kahville, kun asiakkaita ramppaa yhtenään.

Taas vatsaa poltti jokin, niin kovasti että piti irvistää ja asettaa käsi mahan päälle.

– Maha kipeä vai, sanoi Reeta. – Mitä olet syönyt tänään?

– Sen makkaran jääkaapista. Ei siellä muutakaan ollut.

– Söitkö sinä sen makkaran, sanoi Reeta. – Sehän oli jo vaikka mitenkä vanhaa.

– Mitä se sitten jääkaapissa vielä teki?

– Se vaan jäi sinne, kun on niin kiirettä pitänyt. Ollaan Kerttulin kanssa syöty vain porkkanoita ja muita kasveja. Kerttuli sanoi, että lihan syönti rasittaa ilmakehää. En nyt muista kuinka paljon, mutta paljon kuitenkin. On parempi syödä vain kasviksia. Junnu syö hernekeittoa suoraan purkista. Sano että mitä sitä näin kuumalla kelillä lämmittämään. Ajateltiin Kerttulin kanssa, että ruvettaisiin vaikka heinäsirkkoja kasvattamaan. Niissä on proteiinia siinä kuin possussakin.

– Sinulta tämä marjahomma tuntuu sujuvan, hän sanoi.

– Tämä sujuu nyt hyvin, kun tuon Kerttulin sain kaveriksi. Kerttuli ehdotti, että pyydän kovempaa hintaa, kun on luomumarjoja. Nostettiin sitten hintaa. Hyvin myy silti. Kerttuli, se valmistaa pesuaineetkin itse, pyykin pesuun sekä astioihin, että kaikkeen muuhunkin. Sillai vaatteet ja astiat ja kaikki muukin tulee puhtaiksi ilman niitä myrkkyjä, mitä kauppojen pesuaineissa on.

Roope ei sijaltaan nähnyt Kerttulia, mutta näki Junnun lähestyvän, näki tämän epämääräiset vaatteet ja resuisen olemuksen, sanoi:

– Kukahan tuon vaatteita pesee.

– Hae sinä sitä ripulilääkettä, sanoi Reeta. – Sitä on siellä jossakin, keittiössä kai. Ja juot paljon vettä. Sillä ripuli paranee.

16.

Hän löysi ripuliin lääkettä, joi vettä päälle. Hän ei tiennyt mitä sitten tekisi. Mansikoilla oli sesonkiaika, eikä hän tiennyt mitä tekisi omalla mansikkamaalla. Se tuntui oudolta. Hän oli monta päivää käyttänyt metsässä kävelyyn ja unohtanut mansikat. Hän oli turhaan etsinyt ketunrautoja metsästä ja kylältä, unohtanut sitä tehdessä omat työnsä. Nyt hänen töitä tekivät muut, Reeta, Junnu ja joku Kerttuli.

Mutta nyt kun hänellä oli aikaa, hän voisi keskittyä vartioimaan mansikkamaataan, hän ajatteli. Hän voisi nyt viimein ottaa mansikkavarkaat kiinni itse teossa. Hän voisi vaania voroja joka yö. Ehkä siinä samalla selviäisi sekin, kuka ketunraudat oli vienyt.

Hän asteli paikalle, mihin oli ketunraudat jättänyt. Jos voro tuli sieltä, hän voisi vartioinnin keskittää sille alueelle metsään. Metsän siimekseen pystyttäisi teltan, tai rakentaisi majan. Siellä piilossa vahtisi mansikkamaata. Metsä oli hänen ystävä ja liittolainen. Mansikkavarkaiden olisi pakko tulla aukealle saadakseen mansikoita. Hän voisi metsän pimennossa vain odottaa.

Hieman yhä häiritsi ajatus kadonneesta ansasta. Kuka tai mikä sen oli vienyt? Junnu kuului olevan jonkinlainen luonnonsuojelija. Olisiko tämä voinut eläimiä suojellakseen viedä loukun. Eikö se ollut luonnonsuojelijan velvollisuus. Silloinhan Junnu olisi tehnyt hänelle palveluksen.

Mutta miksei Junnu ollut mitään sanonut, vaikka oli hänet mansikkamaalla nähnyt?

Vai oliko mies vienyt loukun ihan ilkeyksissään?

Vai oliko niin, että joku isompi eläin oli ollut varomaton, saanut ketunraudat jalkaan kiinni? Oliko hän jo tappanut eläimen, hirven tai ketun?

Mutta kaikesta huolimatta metsä tuntui turvalliselta ja ystävälliseltä. Se otti hänet syliin kuin mitään pahaa ei olisi tapahtunutkaan. Maa ei avautunut jalkojen alla suonsilmäksi, risut eivät lyöneet kasvoille, mitään ei tippunut päälle, mikään eläin ei hyökännyt kimppuun, itikat eivät purreet, puiden juuriin ei kompastunut, kun vain nosti kävellessä jalan tarpeeksi ylös.

Metsä ei häntä syyttänyt eikä tuominnut, ei edes haukkunut tyhmäksi. Ihminen niin tekisi, jos vain tietäisi. Jo kouluaikoina monet oppilaat olivat haukkuneet häntä tyhmäksi päin naamaa. Aikuiset eivät sitä suoraan sanoneet, mutta antoivat käytöksellään ymmärtää, että pitivät häntä tyhmänä. Ja niinhän hän piti itsekin. Nuorukaisena veroilmoituksen kanssa taistellessa hän oli sen selvästi huomannut.

Hän huokasi, katseli metsää. Hän tarvitsi paikan missä voisi piilossa makoilla yön yli. Hän etsi ja löysi metsänlaidasta sellaisen paikan. Siitä näki hyvin mansikkamaalle. Siihen hän päätti perustaa leirin. Siitä hän yllättäisi mansikkavarkaan.

Hän päätti lainata isältä teltan. Isä ei tuntunut edes huomaavan hänen käyntiä, istui vain keinutuolissa ja mutsi itsekseen. Pöydällä ukon vieressä oli kivääri. Näkyi ukko panoslaatikonkin löytäneen. Miten tuntui, kuin ukko olisi ollut vihainen. Kun hän pyysi lainaksi telttaa, ukko vain murahti, tuli itse hänen perässä ulkovarastoon vahtimaan.

Hän löysi varastosta teltan ja pienen keittimen. Hetken mielessä kyti ajatus, että pitäisikö hänen isälle joskus sanoa joku ystävällinen sana. Mitään ei tullut mieleen ja hän lähti mitään puhumatta.

Kun hän oli muutaman metrin kulkenut, isä huusi hänelle:

– Meidän pitäisi puhua. Mutta ei nyt. Myöhemmin. Sitten kun tämä on ohi.

Ukko palasi sisälle.

Hän kävi seuraavaksi kaupassa, osti eväitä yötä varten, sianlihaa peltipurkissa, persikanpuolikkaita peltipurkissa, näkkileipää ja kahvia.

Hän palasi pian metsään. Teltta oli pieni ja vihreä väriltään, sulautui hyvin maisemaan.

Vielä hän katkoi pari isoa kuusen oksaa, sijoitti ne teltan päälle. Teltta oli hyvin katseilta piilossa.

Pienellä kaasukeittimellä kahvi valmistui nopeasti. Ruokaa ei tehnyt mieli. Ripuli vaivasi edelleen.

Siinä hän päätti vartioida, kunnes saisi mansikkavarkaan kiinni itse teosta.

Teltalta hän näki mansikkapellon ja jälleen rinta kohosi ylpeydestä. Hän oli kuin taikonut henkiin isoisän raivaaman maan. Isoisä ja isoäiti siinä olivat joskus perunoita viljelleet, ja kai myös heinää lehmää varten. Itse hän ei siitä ajasta tiennyt mitään, mutta muisti jonkun kertoneen, että oli heillä ainakin yksi lehmä ollut. Mielessä käväisi kuva jostain elokuvasta, taisi olla "Täällä pohjan tähden alla" ja elokuvassa Koskelan Jussi suota kuokkimassa.

Koskelan Jussin tilalle hän osasi kuvitella oman isoisän, tai isoisoisän.

Sen enempää hän ei elokuvasta muistanut. Keskittymiskyky ei oikein riittänyt pitkien elokuvien katseluun tai kirjojen lukemiseen.

Ilta oli vasta nuori ja hän lähti jaloittelemaan. Maasto oli vaihtelevaa, ympärillä sekametsään. Paikoin oli kosteaa, paikoin kuivaa. Lähellä peltoa kasvoi paljon lehtipuita, mutta syvemmälle metsään mentäessä havupuut olivat hallitsevia. Siellä puut olivat vanhoja ja suuria. Ne kuiskivat hänelle jotain.

Vielä hän ei niiden puhetta ymmärtänyt, mutta niiden ääni oli lempeä ja ystävällinen.

Hän kuuli jonkun koneen ääneen ja yritti arvuutella, että mikä kone kyseessä oli, kenen se oli ja miksi se näillä mailla liikkui. Siitä hän ei päässyt varmuuteen. Se ei kuulostanut traktorilta, joita paikalla usein liikkui. Ei myöskään mopolta. Ehkä se oli jotain siltä väliltä. Ääni tuntui kuuluvan metsästä. Kun koneen ääni sammui, hän lähti kävelemään suuntaan, mistä uskoi äänen kuuluneen.

Siinä oli taas sama vanha lato ja ladon luona nuo kaksi miestä, Sulo ja Lauri. Eivät heti havainneet häntä.

– Eivät tahdo mitään lupia minulle antaa, sanoi Sulo.

– No mikseivät?

– Pelkäävät kai, että syön metsän tyhjäksi. – Oletko itse lupia hakenut.

– En ole koskaan metsästellyt, sanoi Lauri. – Kalassakin vain jonkun toisen mukana ja pari kertaa ravussa.

– Ne muka oikeat metsästäjät, ne jakelevat lupia toinen toiselleen, sanoi Sulo. – Muille ei jäisi mitään. Eikö luonnon antimet kuulu kaikille yhtä lailla.

– Mutta mitä jos kaikki alkavat räiskiä pyssyillä ympäri metsiä, sanoi Lauri. – Mitä siitäkään sitten tulisi. Ihmisiä vaan on liikaa. Eläimet loppuisi metsistä kokonaan. Sukupuuttoon kuolisivat pian kaikki eläimet.

Siihen Sulo:

– Pitäisi kai sitten ampua ihmisiä.

Siihen Lauri jotenkin mietteliäänä:

– Ne metsästäjät, ne kai on jotenkin valittuja.

– Kuka ne on valinnut.

– En tiedä.

– Niiden kaverit on ne valinnut, sanoi Sulo. – Niin se menee. Jos ei ole niiden kaveri, niin lupaa ei heru. Minä en lupaa saanut, sinä yhtenä kertana, kun sitä kysyin. Toiste en kysy. En minä niiltä kerjäämään ala. Hirven tai pari olisin vaan kaatanut. Niillä lihoilla olisin sen talven hyvin pärjännyt.

Kun he näkivät hänet, he kuin valpastuivat, kääntyivät häntä kohti. Heidän vieressä oli Sulon mönkijä ja sen äänen hän kai oli kuullut.

Siinä seisoivat nuo kolme miestä mitään puhumatta, toisiaan kunnolla katsomatta.

Lauri vähin erin perääntyi taaksepäin, katsoi toisia kummissaan. Olivatko nuo tosiaan isä ja poika? Eivät tuntuneet piittaavan toisistaan mitään, kuin kaksi ventovierasta. Sulon katse pyyhki metsää, Roope tuijotti taivaalle. Eivät tervehtineet toisiaan, eivät edes katsoneet toisiaan suoraan silmiin.

Roope ei mennyt miesten luo, vaikka toinen heistä oli hänen isä, heilautti vain kättä, jatkoi matkaa. Kävel-

lessä hän näki oravan ja näki korpin, jotain pikkulintuja. Pusikosta hän pelotti kolme vähän isompaa
lintua pakosalle. Ei hän tiennyt olivatko pyitä vai
koppeloita vai mitä lie. Isä ne takuulla olisi tunnistanut, ampunut ne ja syönyt.

Kohta hän kuuli uudelleen saman koneen äänen,
arvasi että miehet ladolta olivat lähdössä. Hän palasi
sinne heti takaisin.

Ladon ovi oli lukossa, riippulukko näytti ehjältä.
Ladon takana oli jokin hökötys, pulkkako se oli. Jonkinlaiset jalakset siinä oli ja pyörät. Se näytti olevan
tuoreempi kuin lato, mutta tosi vanha sekin. Se oli
kasvien keskellä osin piilossa, eikä hän ollut varma
siitä, oliko se ollut siinä hänen edellisellä kerralla
käydessä. Vai olivatko Sulo ja Lauri sen siihen tuoneet,
jos olivat, ei hän keksinyt, mitä tarkoitusta varten.

Kulkiessaan takaisin teltalle hän mietti hetken
isäänsä. Isoisän ja isoäidin ainoa lapsi Sulo, hänen isä,
oli kadonnut sen jälkeen, kun armeijaan meni.
Armeijaan Sulo oli lähtenyt aikomuksena viettää siellä
yhdeksän kuukautta, mutta olikin jäänyt armeijaan
vuosikymmeniksi. Kotiin ei ollut palannut, eikä hän
tiennyt, oliko isä edes käynyt kotona lähtönsä jälkeen.

Oli Sulo sitten lopulta naimisiin päätynyt, ja yksi
lapsikin syntynyt, eli hän. Mutta jo silloin Sulolla oli
ollut asunto kaupungissa ja mökki Lesomaalla ja oli
mökillä viettänyt kaiken vapaa-aikansa. Vaimo oli

lapsen kanssa jäänyt kaupunkiasuntoon. Sitä oli jatkunut vain muutama vuosi. Avioero oli tullut aikanaan ja hän jäänyt äidille. Isä tuntui katovan aina vain kauemmaksi korpimetsään.

Hän mietti, että voisiko hän jonain päivänä mennä isää tapaamaan muutoin vain? Niin kai voisi tehdä, ellei isä olisi aina niin äkäinen ja vieras. Jossain vaiheessa isä kuitenkin kysyi syytä vierailuun, siihen asti tutkisi häntä sivusilmällä epäileväisenä.

Toisaalta sen ensimmäisen kerran, kun oli isältä jotain pyytänyt ja saanut, oli hän hukannut ketunraudat miltei samassa. Ehkä isä oli jo huomannut ketunrautojen kadonneen ja uskoi hänen varastaneen ansan. Ehkä juuri sen takia isä oli kulkenut hänen perässä, kun hän kävi teltan lainaamassa.

Joka tapauksessa vierailu pitäisi jättää aikaan, jolloin työt mansikkamaalla olisivat päättyneet. Hän vartioisi omaisuuttaan siihen asti, kunnes viimeinenkin mansikka hänen pellolta oli poimittu ja myyty. Sitten hän yrittäisi selvittää välit isän kanssa.

Mutta miksi isä ja tuo Lauri ladolla olivat käyneet, nyt jo ainakin kahteen kertaan. Tahtoiko Sulo vain metsää katselemaan, eikä päässyt sinne kuin mönkijän kyydissä jonkun auttamana. Niinkö oli mies mennyt heikoksi. Muutenkin oli aihetta epäillä isän henkistä tilaa. Kun hetkeä aikaisemmin oli käynyt lainaamassa teltan, oli isä ollut kuin unessa, paitsi että silmät olivat auki. Nyt ukko oli vaikuttanut niin valppaalta ja jännittyneeltä, oli ollut kuin vieteriukko.

Kyllä hän arvasi, että ukko jotain suunnitteli, ehkäpä salakaatoa, mutta ei hän siitä piitannut. Sitähän ukko kai oli tehnyt läpi ikänsä.

Matkalla hän näki saman miehen, jonka oli pari päivää aikaisemmin metsässä tavannut. Nyt mies katseli puuta aivan yhtä tarkasti kuin hän aikaisemmin.

Hän asteli miehen luo.

– Paljonpa on sinullakin aikaa metsässä kuljeskella, hän sanoi. – Minä itse en oikein joutaisi. Olen nääs mansikkafarmari.

– Eihän minulla enää muuta olekaan kuin aikaa, sanoi mies. –Eikä ole mitään virkaa enää. Eläkkeellä kituuttelen.

– Eikö sitä jotain kannattaisi yrittää, hän sanoi. – Vaikka jotain pientäkin vaan, että saa ajan kulumaan. Minä itse ryhdyin farmariksi...

– Minä olen kuule yrittänyt, jos vaikka mitäkin. Aluksi myin pölyimureita ovelta ovelle. Nyt viimeksi yritin tupakkakauppaa pitää, niitä sähkötupakoita On siihen väliin mahtunut jos vaikka mitä. Muutaman vuoden pyöritin rakennusfirmaa. Tein talon niin kuin sen olisin itselleni tehnyt, mutta heti myin sen ja aloin rakentaa uutta. Oli minulla välillä pari, tai kolmekin miestä töissä. Mutta aina on ollut verottaja riesana. Se on vainonnut minua vuodesta toiseen. Jos ei sitä pirun verottajaa olisi, niin minä kyllä vieläkin yrittäisin vaikka mitä. Mutta en minä nyt enää jaksa semmoisen pirun kanssa leikkiä. Ne kun keksivät ne veroilmoituksetkin panna tietokoneen taakse. Semmoinen ku netti. Sieltä pitäisi löytää verottajan sivut. Löysinhän minä ne ja pääsin lopulta sinne sisällekin, mutta en minä ymmärtänyt mitä siellä tehdä. Miten ne on sinun mansikkatilalla veroasiat sujuneet?

– Vaimo hoitaa, sanoi Roope. – Vaimo kai ymmärtää.

Vasta silloin Roopelle tuli mieleen, että hänenkin kai olisi pitänyt ilmoittaa verottajalle mansikoista saadut tulot. Verottajan hän muisti vain menneiltä vuosilta niiltä ajoilta, kun joutui itse veroilmoituksen täyttämään. Mutta vielä nytkin sen muistaminen toi mieleen pientä paniikkia. Kaikki ne lukuisat kysymykset tuntuivat niin vaikeilta, ettei hän jaksanut niitä ajatella. Mitä se kenellekään kuului, miten paljon hän tienasi ja miten rahojaan käytti. Verohan aina perittiin palkasta tai eläkkeestä jo ennen kuin hän rahojaan näki. Ei hän sille voinut mitään.

Lopulta hän oli ajatellut, että laskekoot verotoimiston viisaat itse hänen tulot ja menot. Ei kai siitä olisi edes suurta vaivaa, kun kerran kuitenkin tarkistivat joka asian.

Hän oli sittemmin laittanut veroilmoitukseen vain allekirjoituksen. Myöhemmin ei veroilmoitusta tarvinnut miettiä ollenkaan. Isoja mätkyjä ei koskaan tullut, ei myöskään palautuksia. Jokin selvitys asiasta joka vuosi postilaatikkoon tuli, mutta ei hän koskaan siihen syventynyt.

Hän oli mansikoita hoitaessaan ollut niin innoissaan, että oli unohtanut verottajan kokonaan. Ehkä myös verottaja oli unohtanut hänet.

Hän oli aina ajatellut, että jos omalla pihalla muutaman mansikan kasvattaa, ei se voi verottajaa kiinnostaa. Mutta entä nyt, kun oli rakentanut aidan mansikkamaan ympärille. Arvaisiko verottaja siitä, että hän tienaa mansikoilla rahaa.

Ja nyt vielä, kun vaimo oli palkannut väkeä marjoja poimimaan ja Reeta ja nuoret toimivat kuin ammattilaiset. Sellaista ei verottaja hyvällä katsoisi.

Oli kai ihme, ettei verottaja ollut vielä yhteyttä ottanut.

Ehkä olisi parempi lopettaa mansikoiden viljely ja myynti tähän kesään, kun viimein taidettiin päästä pikkuisen voitolle.

Hän palasi teltalle, kävi makuulle niin, että näki paikaltaan mansikkamaan. Siinä hän odottaisi metsän kätkössä, hyökkäisi varkaiden kimppuun takaapäin. Hän oli pitkän sukuketjun vihonviimeinen lenkki. Hän kyllä suojelisi mansikoita, vaikka millä keinoilla.

Hetken aikaa julma hymy valaisi kasvot. Jos mansikkavarkaat luulivat, että hän luovuttaisi, niin erehtyisivät pahasti. Ihan lähiaikoina voroja kohtaisi yllätys.

Pitikin samassa jo nousta ylös tähystämään. Kylälle johtavaa polkua kulki isompi lauma ihmisiä. Taisi olla sama joukko, jonka oli jo pari kertaa samalla polulla nähnyt, puhuivat outoa kieltä, nauroivat usein.

Näytti etteivät piittaa mansikkamaasta mitään.

Mutta oliko vain hämäystä? Arvasivatko että hän oli heitä tarkkailemassa, siksi niin viattomina kulkivat ohi?

Entä olivatko nuo vieraan maan ihmiset löytäneet ketunraudat ja vieneet mukanaan? Mitä sillä tekisivät? Voisiko ansan myydä jossain? Maksaisiko panttilainaamo siitä jotain?

17.

Ripuli vaivasi vielä. Hän päätti käydä kotona hakemassa lisää ripulilääkettä.

Tuvassa oli yhtä autiota kuin aikaisemmin.

Mansikkamaalla työt näköjään olivat siltä päivältä loppuneet. Ketään ei näkynyt, mutta ääniä kuului liiterin suunnalta ja hän kulki ääniä kohti. Siellä he istuivat liiterin vieressä puutarhatuoleissa nuo kaikki kolme, Reeta, Kerttuli ja Junnu. He joivat jotain, puhuivat ja nauroivat. Hän meni lähemmäksi. Kun Reeta huomasi hänet, vinkkasi luo.

– Se tuo Kerttuli teki sitten maukasta mansikkaviiniä, sanoi Reeta. – Maista sinäkin. Se on ylikypsistä mansikoista tehtyä. Menisivät muuten hukkaan.

– Ehkä se on paremminkin siideriä, sanoi Kerttuli.

Reeta kaatoi hänelle lasiin juomaa ja hyvältähän tuo maistui. Sekin kuitenkin väänsi mahaa.

– Ne meidän mansikat, ne ovatkin luomumansikoita, sanoi Reeta. – Tiesitkö sinä ukkopaha sitäkään?

– Niistä saa paremman hinnan kuin tavallisista mansikoista, kertoi Junnu.

– Eikä ole lisäaineita eikä myrkkyjä, tiesi Kerttuli.

– Mitä me sitten tehdään, kun mansikat on myyty, kysyi Reeta. – Me luomuviljelijät.

– Minä ainakin nyt otan ne mansikkavarkaat kiinni, Roope sanoi. – En kotiin tule ennen kuin varkaat on napattu. Vartioin vaikka yötä päivää ja vaikka syksyyn asti. Laitan ne vorot nyt tuomiolle, käpälälautaan joutavat.

– Mutta jos noin vatsaan ottaa, niin kannattaako sitä itseään kiusata, sanoi Reeta. – Se voi johtua jännityksestä, tuo mahan vääntö. Mahahermot, ne on semmoisia, että kun oikein jännittää, niin meneekin maha löysäksi. Niin on minullekin joskus käynyt.

– Siitä makkarasta tämä vaan johtuu, sanoi Roope. – Se kai oli jo mätää. Mutta tämä menee ohi, kun muutaman kerran käyn tarpeilla. Haen vain lisää ripulilääkettä, menen sitten vartioon. Jos ne pakolaiset vielä minun mansikkamaalle menevät...

– Mistä tiedät, että ne varkaat on pakolaisia, kysyi Junnu.

– No niitä siellä metsässä on kulkenut yhtenään. Varsinkin iltaisen, kun tulee jo hämärää. Olivat kuin eivät muka mansikoita huomaisi. Mutta kyllä minä arvaan, mitä ne siinä...

– Ehkä kulkevat kauppoihin näihin aikoihin, sanoi Kerttuli. – Näin illalla saa 60% alennusta joistain tavaroista. Käyn usein siellä itsekin. Se pienentää ruokahävikkiä.

– Mitä hävikkiä, sanoi Roope. – Eikö niillä siellä pakolaiskeskuksessa muka ruokaa piisaa.

– Siellä on kai niitä ihan tavallisia ruokia, sanoi Reeta. – Jos haluaa jotain vähän erilaista pienellä rahalla, niin kannattaa käydä illalla katsomassa mitä on tarjolla.

– Kyllä minä sinuna antaisin pakolaisten rauhassa kulkea, sanoi Junnu. – Nehän ovat kuin lyötyjä ihmisiä.

– Kuka niitä lyönyt on? kysyi Roope.

– Kotimaassaan ovat saaneet selkäänsä niin että ovat juosseet tänne asti pakoon. Ovat siksi lyötyjä jo valmiiksi.

– Paitsi lyötyjä, ovat takuulla myös väsyneitä, jos semmoisen matkan ovat juosten kulkeneet, sanoi Reeta.

– Minä en siitä piittaa, sanoi Roope. – Mitäs tulivat tänne. Jos minun mansikkamaalla vielä käyvät, niin minä potkin ne takaisin sinne mistä tulivat. Minulla on siinä raja, sen jos ylittää...

– Minulle on semmoinen raja, niin kuin monella muullakin, sanoi Junnu, – että lyötyä ei lyödä, maassa makaavaa ei potkita, selkään ei ammuta, korttipelissä ei huijata. Minä härnään paljon mieluummin rasisteja. Se on jännempää.

– Mitä siinä jännää on, kysyi Roope.

– Ne rasistit, se kuule on ärhäkkää väkeä, sanoi Junnu. – Ne lentävät silmille kuin ampiaisparvi, kun niitä vähänkin härnää. Ovat niin huumorintajuttomia, että ovat nyrkit pystyssä heti kun vähänkin tulee kinaa. Ne pakolaiset taas, nehän ovat kuin lyötyä väkeä. Ei niitä saa suuttumaan oikein millään.

Kerttuli sanoi:

— Se ruokahävikki, sekin vaikuttaa maapallon lämpenemiseen. Ja kun maapallo tarpeeksi lämpenee, niin kaikki kuolee, palaa poroksi, ihmiset ja eläimet ja kasvit.

— Sitten ei kasva enää mansikatkaan, sanoi Reeta.

— Ei kai se nyt ykskaks siitä mihinkään lämpene, sanoi Roope.

Kerttuli sanoi:

— Useimmathan kai ajattelee niin, että maapallo lämpenee joskus sitten kun itse on jo kuollut vanhuuteen.

— Pitää ajatella jälkipolvia, sanoi Reeta.

Hän jäi sanattomaksi. Harvoin hänelle niin tapahtui, paitsi että viime päivinä niin oli tapahtunut yhtenään. Nytkään hän ei tiennyt mitä sanoisi, katsoi vain noita kolmea siideriä juovaa ihmistä ja tahtoi pois. Hän tahtoi metsään, rauhaan ja hiljaisuuteen, paikkaan missä ei ihmisiä tapaa.

He taisivatkin samassa unohtaa hänet, puhuivat ruokahävikistä ja kierrätyksestä ja jätteiden lajittelusta, kaikesta sellaisesta mistä hän ei ymmärtänyt mitään. Lauseissa vilahteli otsonikerros, napajäätikkö, tsunami ja jääkarhukin. Hän oli kuin ulkopuolinen paitsi omalla pellollaan, niin myöskin keskustelussa.

Hän oli aina ajatellut, että luonnonsuojelijat ja kaikki nuo otsonikerroksesta puhuvat ihmiset olivat vain kuin pellejä, mutta Junnu ja Kerttuli tuntuivat olevan ihan vakavia, puhuivatkin kiihkoilematta ja kuulostivat asiallisilta.

Olivat sitä paitsi saaneet jo Reetan puolelleen.

Ehkä siinä sittenkin jotain on, hän ajatteli.

Mutta hänen oli aika kulkea metsään, painua piiloon odottamaan mansikkavarkaita. Odotellessa voisi keitellä kahvit, syödä vähän ja veistellä vaikka koivunokasta sopiva lyömäase siltä varalta, että mansikkavarkaat äityisivät vastahakoisiksi.

Hän vain käväisi kotona, löysi ripulilääkettä ja hetken mietittyään työnsi lääkkeen taskuun.

Reeta toi hänelle pari pulloa mansikkasiideriä, sanoi että matkaevääksi, palasi liiteriin.

Vielä ennen lähtöä hän kääntyi katsomaan liiterissä olevaa seuruetta. Pölinää sieltä kuului kaiken aikaa ja naurunremakka seurasi toista.

Hän jatkoi matkaa ja matkalla huomasi ajattelevansa, että Reeta oli niiden puolella. Kun hän pysähtyi miettimään, ei hän tiennytkään keiden niiden puolella Reeta oli.

Olisiko Reetasta tullut luonnonsuojelija?

Vai luomuviljelijä, hän ajatteli mansikkapellon ohi kävellessä. Luomuviljelijä kuulosti hänestä vähän oudolta. Ei hän koskaan luomua ollut ajatellut mansikoita hoitaessaan, oli miettinyt vain sitä, miten halvemmalla pääsee. Oli hän tosin myöhemmin ajatellut sitäkin, miten isovanhemmat olisivat mansikoita kasvattaneet. Jos siitä seurauksena oli luomumansikoita, niin hyvä niin. Olivathan luomutuotteet arvokkaampia kuin keinolannoitteilla kasvatetut ja myrkyillä suojatut tuotteet.

Mutta että luomuviljelijä.

18.

Sulo istui keinutuolissa päivästä toiseen, katseli ikkunasta maisemaa. Kovin kummoinen tuo maisema ei ollut, näkyi vain hiekkaista pihaa ja pihan toisella puolella samanlainen talo kuin missä hän itsekin asui. Oli pihalla sentään hiekkalaatikko ja keinu, ja jotain muutakin pikkulapsille tarkoitettuja härveleitä. Lapsia vain ei monessakaan huoneistossa ollut. Noissa neljässä rivitalossa asui enemmänkin vain eläkeläisiä ja lähellä eläkeikää olevia pareja ja jokunen hänenlainen yksineläjä.

Ei hän tosin itse lapsista piitannut, ei ollut koskaan piitannut. Mutta oli niitä mukava katsella, sen muutaman kerran, kun pihalla oli lapsia ollut leikkimässä. Muutakaan katseltavaa kun ei ollut, vain hiekkainen piha ja grillikatos. Vain ani harvoin joku eläkeläinen köpitti pihan läpi jonnekin. Orava joskus ohi kulki, rapisteli seinissä tai kolisteli peltikatolla. Aamuvarhaisella oli joskus variksia, päivällä mustarastaita ja räkättejä. Ruuaksi kelpaamattomia olentoja kaikki. Ei hän sellaisiin olisi luoteja tuhlannut, vaikka olisi edelleen asunut korpimetsässä.

Hän usein ajatteli, että hänenlaiselle miehelle elämä rivitalossa on kuin hauta elävälle. Itsellä oli vain

pieni piha, siinä vähän nurmikkoa, muutama piha-
laatta, aita, joka peittyi villiviiniin. Aidan takana tuo
hiekkainen yhteispiha. Naapuri oli kummallakin
puolella heti seinän takana. Edes omalla pienellä
pihalla ei voinut olla muiden huomaamatta.

Mitäpä hän siinä olisi tehnytkään?

Muutaman kerran hän oli käynyt talvella pilkillä,
keväällä mato-ongella. Oli hän jotain pieniä kaloja
saanutkin. Hän epäili, ettei järvessä isoja kaloja
olekaan. Keväällä hän oli tarkemmin katsellut järven
vettä läheltä. Se näytti kovin samealta, ruskehtavalta,
kuin viemärivedeltä. Ei tehnyt enää mieli sinttejä
onkia.

Kiikkustuoli oli sopiva paikka vanhalle miehelle.
Siinä oli hyvä mietiskellä ja muistella menneitä. Vauh-
tia vain ei saanut olla liikaa, eikä liian vähää. Vauhtia
piti lykätä niin, että ajatus kulki kuin laineilla tasaisesti
eteenpäin. Pienikin muutos rytmiin keskeytti ajatuk-
set.

Vauhtia ei ainakaan saanut olla liikaa. Liian kova
vauhti teki ajatuksista töksähteleviä ja äkkijyrkkiä, niin
että ajatukset ikään kuin hajosivat tyrskypäiksi juuri
kun olivat tavoittamaisillaan jotain. Ehkä sellainen
vauhti sopi jollekin äkkinäiselle ihmiselle, ehkä taitei-
lijalle, joka tarvitsi ajatuksiinsa äkkinäisiä ja joskus
rajujakin ratkaisuja.

Mutta tavallinen pulliainen, joka ajatteli vain arkisia asioita, tarvitsi tasaisen laineenliplatukset ajatusvirran tueksi. Pienet keveät aallot veivät ajatuksia eteenpäin, tai jos tahtoi, niin myös taaksepäin aina lapsuuteen asti.

Hän oli yhtenä päivänä ohi mennessään nähnyt poikansa baarissa kaljatuopin ääressä. Se vähän huvitti häntä. Niin tarkka Roope tuntui lanteistaan olevan, että oli vaikea kuvitella tämä levittelevän seteleitä kapakassa. Jotain muuta tällä täytyi olla mielessä, kuin juopottelu. Viimeksi hän oli pojan nähnyt metsässä, mitä lie siellä tekemässä. Ellei Roope sitten ollut alkanut pontikkaa tiputtelemaan ja kaupitteli sitä kapakassa. Metsässä keitti ja kapakassa myi. Niin hänkin oli joskus tehnyt. Kas kun ei poika häneltä tullut neuvoja pyytämään. Hän olisi kyllä osannut kertoa, miten pontikkaa keitetään.

Ellei poika sitten vasta etsinyt paikkaa, missä pontikkaa keitellä. Ehkä se vanha lato siihenkin tarkoitukseen sopisi, oli vain turhan lähellä ihmisasutusta.

Hän ei kovin hyvin tuntenut poikaansa, mutta se mitä oli tätä tavannut, pani arvelemaan, ettei vaimo antanut Roopen kotona pontikkaa tiputella. Siksi tomeralta Reeta oli tuntunut, että poika kai joutui alkoholia sisältävät liemensä hankkimaan vaimolta salaa.

Mansikkamaan ympärille poika oli rakentanut ruman aidan. Mikähän oikein oli aidan tarkoitus? Niin hataralta aita näytti, että mikä tahansa eläin tai ihminen sen kaataisi aivan helposti.

Metsästä, aivan mansikkamaan läheltä hän oli löytänyt viritetyn ketunraudat. Se oli aivan samannäköinen kuin loukku, jonka oli muinoin itse hankkinut. Sen oli tehnyt muuan Mauno Vasikainen, seppä Jumalan armosta. Hän olisi tunnistanut sen kaikkien ketunrautojen joukosta.

Hän oli tehnyt loukun vaarattomaksi, työntänyt reppuun ja tuonut kotiin. Mutta kuka loukun oli virittänyt polulle niin, että sen sokeakin näkee? Oliko Roopella jotain tekemistä asian kanssa? Parikin kertaa Roope oli hänen varastossa käynyt työkaluja ja muuta lainaamassa. Oliko samalla vienyt Ketunraudat?

Hänen pitäisi keskustella vakavasti poikansa kanssa. Se vain tuntui niin vaikealta. Vielä koskaan hän ei niin ollut tehnyt.

Sulon mietteen palasivat omiin asioihin. Hän tahtoi nyt elämässä eteenpäin, tahtoi hirvipaistia. Siksi kovaksi lihanhimo oli käynyt, että tahtomattaan tämän tästä lykkäsi kiikkustuoliin liikaa vauhtia ja ajatukset särkyivät tyrskyiksi ja piti keskeyttää vauhti kokonaan.

Hän kuunteli pihalta kuuluvia ääniä, ja aina milloin äänekkäämpi ajoneuvo ajoi lähistöllä ohi, hän valpastui. Katse seurasi kellon viisareita.

Hän odotti Lauria, odotti vesi kielellä. Ajatus hirvipaistista ei jättänyt hetkeksikään rauhaan. Paistaisiko hän ensimmäisen palan uunissa, vai liedellä vai keittäisikö sen? Hän tiesi, että juuri tuo ensimmäinen pala hirvestä olisi kaikista paras, riippumatta siitä minkä osan eläimestä ensin söisi ja millä keinolla sen kypsentäisi. Jos olisi ollut sopiva paikka tiedossa jossain lähellä, hän olisi ensimmäisen palan paistanut nuotiolla. Niin hän oli usein tehnyt Lesomaalla eläessään.

Hän antoi keinutuolin välillä pysähtyä. Kyllä hän tiesi itsekin, että oli koukussa, oli koukussa lihaan, oikeaan lihaan, riistaan.

Jotkut ihmiset kai oudoksuivat hänen himoa riistalihaan. Olipa muuan mies jopa sanonut, että se tuntui vähän sairaalta.

Mutta ei hän itse sitä pitänyt huonona asiana. Joku tarvitsi tupakkaa niin ettei voinut tuntiakaan olla ilman, sairastui lopulta syöpään ja kuoli ennen aikojaan. Joku toinen lotrasi viinan kanssa niin tiuhaan, että vajosi alkoholistiksi, päätyi katuojaan elämään. Olipa vielä niitäkin, jotka tarvitsivat huumeita, ja tekivät aivan mitä tahansa niitä saadakseen. Oli hän televisiosta nähnyt, minkälaisia raatoja huumeita käyttävistä ihmisistä lopulta tuli.

Niin moni oli koukussa, pahemmassa koukussa kuin hän. Jotkut tarvitsivat kahvia tai teetä. Lähtikö niillä muka nälkä?

Ja olipa paljon muitakin outoja ihmisiä. Oli peliriippuvaisia, jotka laittoivat kaikki liikenevät rahansa erilaisiin peleihin. Heistä ehkä joka tuhannes saattoi vähän enemmän rahaa voittaa. Mutta mitäpä sellainen mies tai nainen rahalla tekee? Pelaa samassa jo setelit pois.

Hän oli huomaamatta työntänyt keinutuoliin liikaa vauhtia ja ajatusvirta katkesi.

Hän söi riistaa ja tunsi että tarvitsee sitä. Hän oli itse metsästänyt ruokansa koko aikuisiän. Eikö hän juuri siksi ollut hyvässä kunnossa ja terveenä koko ikänsä. Hän olisi milloin tahansa nuorempana voinut osallistua mihin tahansa kilpailuun ja olisi pärjännyt paljon paremmin kuin keskivertomies. Nuorempana hänellä kyllä oli kuntoa ja oli voimaa.

Voiko samaa sanoa keuhkotautisista, tai alkoholisteista, tai huumeriippuvaisista?

Hän oli ja pysyi kunnossa. Vain vanhuus vaivasi.

Hän tarvitsi lihaa, eikä mitä tahansa lihaa. Riistaa sen piti olla, villieläimen lihaa. Kaupan lihat eivät koskaan vetäneet sille vertoja. Eikä nekään muka luomulihat, joita oli joskus maatalosta hakenut kovaan hintaan. Eikä edes hirvenliha, kun kävi jostain palana ostamassa, vetänyt vertoja itse kaadetulle lihalle.

Hän kyllä tunnisti oikean lihan, heti kun sitä palasenkin haukkasi. Se maku, se liemi ja aromi ikään kuin säteili takahampaissa ja kielentyvessä, nousi siitä täyttämään koko pään. Jo ajatuskin toi veden kielelle, sai syljen kuohumaan suussa.

Sylkeä valui suupielestä paidanrintamukselle isohko klimppi ja hän pyyhki sen paidanhihaan.

Kaikki oli hänen puolesta valmiina. Ase oli putsattu ja siihen oli sopivia panoksia. Se oli sama ase, jolla hän oli useita eläimiä ampunut, tarkka ja tehokas ase. Oli myös kiikari ja puukko ja kirves. Kaikki oli valmista, kunhan Lauri vaan tulisi mönkijällä, sitten lähdettäisiin metsään. Aamuvarhaisella kaadettaisiin hirvi, tai edes peura.

Hän oli Laurin kanssa kaiken suunnitellut valmiiksi. Nyt Lauri oli mönkijällä liikkeellä, tahtoi tarkistaa, että kaikki oli niin kuin piti. Mennessään Lauri vei ladolle ämpäreitä, joihin hirven veri valutettaisiin. Kaikkea oltiin suunniteltu, kaiken piti olla valmista.

Itse hän ei tuolle reissulle tahtonut mukaan, kun lonkka ei tykännyt siitä asennosta, mihin mönkijän penkillä joutui. Yksin ajaessa hän saattoi oikean jalan pitää suorassa, jolloin lonkka ei paljoa vihoitellut. Kun oltiin pulkka viety yhdessä ladolle, ei Laurin mukana ollessa mönkijän kyydissä mahtunut jalkaa oikomaan. Koko matka oli ollut yhtä tuskaa.

Eikä hän siitä voinut syyttää kuin itseään. Olipa lääkärikin sanonut, että hänen elämäntavoilla senkaltaisia vaivoja väistämättä tulee, että ovat vanhuuden vaivoja. Hän oli nuorempana monia öitä viettänyt taivasalla, usein jopa ilman nuotion lämpöä, ettei säikyttänyt riistaa pois. Talvisin oli nukkunut öitä teltassa ja palellut. Ehkä hän oli saanut jotain vaurioita kylmässä nukkumisesta. Varsinkin oikea jalka oli huono, ei kestänyt kävellä, kolotti toisinaan, ei taittunut aina suoraksi ja jos taittui, ei taittunut takaisin.

Oli hän vaivaansa pillereitä saanut ja kipu oli toki välillä loppunutkin, mutta silloin olo oli muuttunut niin raukeaksi, että hyvä kun pääsi sängystä ylös koko päivänä.

Lamaannuttavat ihmisen sellaisilla pillereillä, hän mutisi, lykkäsi taas liikaa vauhtia keinutuoliin.

Edellisellä käynnillä lääkäri oli vaihtanut osin lääkitystä. Oli hän tuon jälkeen pirteämpi mitä aikaisemmin, mutta olo oli jotenkin outo. Hän haisikin oudolle. Tulivatko nuo vietävän rohdot hikenä ulos iholle haisemaan?

Lonkkaan auttaisi ehkä leikkaus, oli lääkäri sanonut ja leikkaukseen hän ei halunnut. Vanhuuteen ei auta mikään, oli lääkäri lopuksi todennut.

Sen jälkeen hän ei lääkäriin ollut mennyt.

Muutenkin olo oli surkea. Kun oli aikaisemmin Laurin kanssa metsässä kulkenut, oli askel tuntunut raskaalta ja henki korissut keuhkoissa. Oireista ei voinut erehtyä: hän oli tulossa vanhaksi. Huomasi hän sen ilman lääkäriäkin.

Harmitti sekin, että joutui turvautumaan Lauriin. Tämä kun ei tainnut olla oikein minkään sortin metsämies. Mieluummin hän olisi tehnyt kaiken itse ja yksin.

Mutta hän tiesi armeija-ajoilta, että Lauri oli hyvä ampuja, vaikka ei koskaan elävään maaliin ollut ampunutkaan. Valioampuja mies oli varusmiesaikana ollut. Toisaalta mieltä lämmitti sekin, että Lauri hänet oli muistanut, vaikka hän oli asunut muualla vuosikymmeniä. Jokin vaisto hänelle kertoi, että Lauri kai oli ihaillut häntä joskus lapsena.

Johonkin hänen kuitenkin oli turvauduttava, kun oma käsi vapisi ja näkö oli hämärtynyt.

19.

Roope makasi mahallaan teltanpohjalla. Hän näki siitä mansikkamaalle, näki hyvin juuri sen paikan, mistä uskoi varkaiden kulkevan. Ripuli tuntui vähitellen hellittävän. Mansikkasiideri lämmitti mahaa ja päätä. Edessä näkyi mansikkamaa, hänen elämäntyö, jota vaimo ja nuo vieraat ihmiset nyt hoitivat.

Miten tähän oikein oli päädytty?

Kun oli aivan pieni lapsi, äiti oli ollut tukena ja turvana joka päivä aamusta iltaan. Kyllä hänen vähäiset muistinpätkät niiltä ajoilta sen selvästi kertoivat.

Mutta jo samassa, kun meni kouluun ensimmäiselle luokalle, tuntui että äiti aloitti hyvin hitaan vetäytymisen hänestä. Kyllä äiti silloinkin aina kotona oli, herätti hänet aamulla kouluun, oli valmiina hänen palatessa. Jotain ruokaakin oli pöydässä aina tietyllä kellonlyömällä. Mitään ei kuitenkaan yhdessä tehty, ei varsinkaan leikitty. Myöhemmin ei edes keskusteltu. Äiti hoiti hänet ja kodin kuin kone ja vetäytyi vuosi vuodelta aina vain kauemmaksi hänestä.

Tuon hän itse tosin tajusi vasta paljon myöhemmin.

Kouluvuodet hän äitinsä, ja ehkä isänsäkin hämmästykseksi oli selvittänyt jäämättä kertaakaan luokalle. Kun viimein sai koulun käytyä ja ensimmäisen työpaikan varastomiehenä, hän mitään äidille ilmoittamatta etsi ja löysi itselleen asunnon alivuokralaisena ja muutti.

Silloin äiti jo vietti isoimman osan ajastaan erään insinöörin huushollissa.

Isästä hänen muistinpätkät eivät paljoa kertoneet. Metsä oli vienyt häneltä isän. Mutta oliko metsä vienyt äidiltä aviomiehen? Ei hän muistanut, että äiti olisi koskaan metsää syyttänyt avioerosta. Mutta ei hän lapsena ollut äidin kanssa koskaan metsässä käynyt, ei edes puistossa, vaikka sellainen olisi lähellä ollut. Ainoat yhteiset reissut olivat lähikauppaan, tavarataloon tai äidin vanhempien luo.

Eikä äiti tainnut koskaan puhua isästä.

Sen muutaman kerran mitä isää oli viime aikoina tavannut, ei isäkään tuntunut halukkaalta rupattelemaan. Silloinkin kun oli auttamassa isää muuttokuorman kanssa, ei sanoja oltu vaihdettu ollenkaan. Eikä isä työrupeaman jälkeen ollut häntä edes kahville pyytänyt, oli vain rupatellut Uskon ja Jaakon seurassa. Myöhemmin oli tavattu vain silloin, kun hän kävi lainaamassa isältä tarvikkeita, viimeksi teltan ja keittimen, ensimmäisellä kerralla ketunraudat.

Itseasiassa Reeta kai oli käynyt isän luona paljon useammin kuin hän.

Mutta aivan viime tapaamisella isä oli sanonut, että haluaisi keskustella jostain. Tunsikohan isä itsensä vanhaksi, halusi siksi keskustella hänen kanssa.

Mutta mitä hän voisi puhua isän kanssa, kun tämä aina tuntui olevan yhtä äkäinen ja hajamielinen, nukkuikin silmät auki.

Olikohan isä aina ollut samanlainen?

Lapsuudesta hän muisti isää sen verran, että kun tämä puhui, tämä tuntui aina olevan äkäinen. Ei hän koskaan jälkeenpäin muistanut mistä asiasta isä puhui, muisti vain sen, että isä kuulosti äkäiseltä.

Kun isä muutti takaisin synnyinseuduilleen, hän oli aivan pienen hetken ollut uutisesta iloinen. Hän oli jostain syystä kuvitellut, että korpimetsissä elelevä isä olisi kookas ja komea, kuin Tarzan. Hän oli kai ajatellut, että raittiissa ilmassa eläminen ja liikunta, ne tekisivät isästä terveen ja vahvan ja elinvoimaisen. Mutta isä siis olikin pieni ja laiha ja kumarainen ja kelmeä.

Ei kai tämä sentään nälkää nähnyt?

Kyllä hänen pitäisi puhua isän kanssa, heti kun mansikkasesonki olisi ohi.

Hänen ensimmäinen työ varastomiehenä oli päättynyt aika pian. Sitä oli seurannut iso joukko lyhyitä työsuhteita rakennuksilla ja varastoissa. Missään työpaikassa hän ei ollut viihtynyt. Mistä lie tulikin aina mieleen, että aivan toiset ihmiset rikastuivat hänen tekemällä työllä.

Vanhempana hän oli aika kauan toiminut ahtaajana, siellä kun palkka oli hieman parempi. Mutta satamaan oli pitkä matka, ja kun kimppakyyti loppui, meni linja-autossa aikaa tolkuttomasti. Väsytti iltaisin ja väsytti aamuisin, väsytti myös viikonloppuisin. Työkin oli kovin ikävää, raskastakin joskus, otti selän päälle, niin ainakin monet sanoivat.

Selän takia hän oli sitten lääkäriin mennytkin ja hämmästynyt kun lääkäri innostui selkää tutkimaan. Oikein röntgenkuvia selästä otettiin. Silloin hän vasta tosissaan oli ällistynyt, kun lääkäri oli löytänyt selästä jotain vikaa. Selässä ihan oikeasti oli jotain vikaa. Joku välilevy siellä kuulemma oli. Oliko siinä ollut pullis-tuma vai litistymä vai vinoutuma, sitä hän ei enää muistanut. Eihän se häntä ollut koskaan oikeasti haitannut edes.

Se nauratti häntä vieläkin. Lääkäri oli ollut nuori ja kokematon, ainakin kokematon hänenlaistaan konka-ria tutkimaan. Se oli kai uskonut kaiken mitä hän kertoi. Joskus aivan tuntui, että lääkäri purskahtaisi itkuun kuunnellessa mitä vaivoja ja tuskia hänellä oli edellisinä päivinä ollut.

Silloin tuntui, että kerrankin kaikki asiat sujuvat hänen toivomalla tavalla. Reetakin sen jossain vaiheessa oli huomannut ja sanonut:

"Minä oon ihmetellyt, että mitä se hymyää päivästä toiseen. Että ootko juopottelemaan alkanut."

Hän oli kertonut, että pääsee eläkkeelle. Reeta oli vain katsonut, kuin olisi odottanut jotain selitystä. Mutta ei hänellä mitään selityksiä ollut. Hän vain oli niin onnellinen, siitä kun pääsisi eläkkeelle.

Selän ansiosta hän oli eläkkeelle päässyt, tosin vasta aikojen kuluttua, useiden tutkimusten ja monen kaavakkeen täyttelyn jälkeen.

Hän vieläkin hämmästeli hyvää tuuriaan. Ehkä lääkärillä juuri silloin oli ollut hyvä tai huono päivä, oli uskonut hänen sepustukset selkäkivuista ja unettomista öistä. Mikä hänet olikaan saanut menemään lääkäriin juuri sinä päivänä, kun kaikki sujui kuin rasvattu aina siihen asti, kun sai eläkepäätöksen. Oli ollut vain yksi oikku kesken työpäivän lähteä lääkäriin ja koko elämä oli siitä muuttunut.

Hän näki sijaltaan mansikkamaan, näki asuntonsa ja näki myös liiterin, mikä nykyään siis toimi mansikkavarastona. Junnu ja Kerttuli tekivät vasta lähtöä kotiin. Kauan olivat jaksaneet rupatella ja juoda siideriä. Jo muutaman tunnin kuluttua he joutuisivat palaamaan uudelleen pellolle töihin.

Hän seurasi hetken katseella, kun Junnu ja Kerttuli astelivat rinnakkain kotia kohti. Kerttulia katsoessa hänelle tuli jostain mieleen sana "sirkeä." Sitä Kerttuli sitten kai oli, sirkeä. Kerttuli oli nuori nainen, tavallisen kokoinen, hoikka ja kai aika notkea, eloisa ja iloinenkin toisinaan. Hiukset olivat tummanruskeat, silmien väriä hän ei sijaltaan nähnyt. Ei Kerttuli juuri eronnut muista samanikäisistä naisista, paitsi että oli sirkeä.

Junnu toi hänen mieleen kadonneen ketunloukun. Tuon muistaminen sai harmin nousemaan. Missä hitossa oli tuo ansa? Selviäisikö se asia hänelle ikinä?

Hän käänsi katseen nopeasti toisaalle.

Samassa hän näki Reetan kulkevan liiteristä asuntoon. Hän seurasi katseella puolisoaan. Kauan he olivat yhdessä eläneet, kai pian 30 vuotta. Vuosia tosin ei oltu koskaan laskettu, eikä hääpäiviä oltu koskaan juhlittu. Olisi Reeta kyllä juhlat ansainnut, hän nyt myönsi. Se vain oli aina jäänyt.

Oli niihin vuosiin mahtunut paljon iloa ja surua. Reetan suurin suru taisi olla siinä, kun ei voinut saada omia lapsia. Sen tiedon saatuaan Reeta oli ollut pitkän aikaa masentunut, eikä hän ollut osannut mitenkään vaimoaan piristää. Oli hän joskus muinoin, kun näki Reetan itkevän piilossa muilta, ehdottanut jopa otto-lasta.

"Ei se ole sama asia", oli Reeta sanonut ja asia oli jäänyt siihen.

Itse hän ei lapsettomuudesta ollut koskaan piitannut. Hänen isällä ja äidillä oli vain yksi lapsi, hän, ja hän arvasi, että oli tullut maailmaan vahingossa. Niin kai oli myös hänen isovanhempien laita, vain yksi lapsi, Sulo. Vahinko?

Muiden lapsista hän ei piitannut, ei heitä karttanut mutta ei heistä välittänytkään. Ei hän kai koskaan päästänyt ketään lasta niin lähelle, että asiaa olisi pitänyt miettiä. Mutta Reetalle hän olisi lapsen suonut tai vaikka parikin. Hän oli varma siitä, että Reeta olisi hyvin lapset hoitanut.

Reeta ei ollut koskaan kertonut, mistä lapsettomuus johtui, eikä hän ollut sitä koskaan kysynyt. Eipä silti, eipä hän kai olisi siitä mitään ymmärtänyt, vaikka se oltaisiin hänelle kerrottukin. Ainakin jos sen lääkäri olisi lääkärikielellä kertonut.

Naimisiinkin oltiin lopulta menty, kun jo melkein viisitoista vuotta oltiin yhdessä asuttu. Reeta kun oli kylällä kuullut, että jotkut kutsuivat heitä susipariksi. Reetaa eläimiksi vertailu loukkasi. Hän oli vain nauraa räkättänyt sen kuultuaan, mutta kun se Reetaa loukkasi…

Terveinäkin oltiin eletty. Vain pari kertaa hän oli oikeasti joutunut lääkäriin turvatumaan. Kerran oli nilkka murtunut ja se jouduttiin sairaalassa piilottamaan kipsin sisään. Kerran oli fileerausveitsi lipsahtanut, ja vienyt toisesta kämmenestä palasen. Kun ei vuotoa saatu tyrehtymään kotikonstein, hän oli marssinut terveyskeskukseen sidottavaksi.

Reetalla ei vaivoja ollut senkään vertaa, vain tuo lapsettomuus oli vienyt Reetan joskus tutkittavaksi.

Mutta hyvä elämä heillä muutoin oli ollut, vaikka talouspuoli ei koskaan ottanut toimiakseen. Oli siihen mahtunut paljon työttömyyttäkin, kuukausia, vuosiakin, jolloin hän ei keksinyt itselleen mitään järkevää tekemistä, oli vain makoillut yöt vuoteessa, päivät sohvalla. Lamavuodet hän oli kahlannut läpi kiljua litkien. Ei elämä silloinkaan kurjalta tuntunut, ei ainakaan näin jälkikäteen muisteltuna.

Mitään säästöjä hänellä ei ollut, ei koskaan jäänyt rahaa mitä olisi voinut johonkin säästää. Mutta ei myöskään ollut velkaa. Se tosin johtui siitä, että sen yhden kerran, kun oli lainaa pankista hakenut, ei hän ollut lanttiakaan saanut. Pankki olikin vain sitä varten, että tilille tuli palkka ja nyt myöhemmin eläke ja että jotkut laskut piti maksaa pankin kautta.

Mutta ehkä asiat nyt muuttuisivat. Kun saisi mansikoista hyvän tilin, tekisi jotain myös Reetan eteen. Jos nyt ei taloa vielä remonttiin laittaisikaan, niin ostaisi ainakin jotain uutta, vaikka uuden pesukoneen. Vanha tuntui lingotessa pitävän pahaa ääntä. Tai uusi sähköliesi. Vanha näytti kovin rähjäiseltä, vaikka kai toimi edelleen ihan hyvin.

Hän katsoi taas mansikkamaata, ajatteli, että voisi ehkä vuokrata lisää maata mansikoille, tekisi tulevina vuosina mansikoista oikein kunnon tilin. Elämäähän hänellä oli jäljellä vielä ties kuinka paljon, elihän hänen isäkin yhä. Vielä hän ennättäisi tekemään jotain suurta, jotain mistä hänet tunnettaisiin ja muistettaisiin. Vielä vuosien kuluttua kylällä puhuttaisiin, että Roope se laittoi Vasaraisten suvun pienen tontin tuottamaan, pienestä kesantopellosta raivasi satoisan mansikkafarmin.

Hänen siinä menneitä muistellessa hänestä taas tuntui, että isoisä ja isoäiti olivat läsnä, hymyillen ja päitään nyökytellen katselivat hänen touhuja.

Hän vasta tajusi, että oli koko aikuiselämän elänyt kuin olisi orpo. Vasta Reetaan tutustuminen toi jonkinlaisia yhteenkuuluvaisuuden tunteita pintaan. Mansikkamaa hoitaminen toi hänen suvun lähemmäksi. Alitajunnassa hän jo heidät näki, isoisän ja isoäidin ja heidän sivuilla ja ympärillä väkeä aina taivaanrantaan asti. Kasvottomia ihmisiä huonoissa vaatteissa. Hänen suku. Siinä he olivat kuin vanhat tuttavat, vaikka ei hän koskaan ollut heitä tavannut.

Löytyisikö heistä jostain valokuvia?

Hän jatkaisi isoisän ja isoäidin perinnettä. Paljon tosin riippuisi siitä, minkä suuruisen tilin mansikoista tänä kesänä tekisi.

Pitäisi myös saada Reeta innostumaan asiasta, niin että Reeta hoitaisi kaikki rahaan ja varsinkin verottajaan liittyvät asiat. Itse hän ei niistä ymmärtänyt mitään.

Aikaisemmin he myivät marjoja vain tuttaville pilkkahintaan ja rahatkin tuli tuhlattua saman tien. Nyt sadosta ehkä tulisi niin hyvä ja marjojen litrahinta niin korkea, että viime vuonna ansaitut setelit vaihtaisivat väriä ja kokoa. Luomutuotteilla kai oli nykyisin kysyntää ja niistä maksettiin paremmin. Vaivannäkö kannatti ainakin pienellä pellolla.

Mansikoilla voisi tienata.

Hän itse vain vartioisi mansikkatarhaa, myöhemmin syksyllä taas lannoittaisi, kitkisi rikkaruohoja, istuttaisi uusia taimia vanhojen tilalle, ja ehkä jopa rakentaisi uuden aidan. Keväällä varhain alkaisi uudelleen hoivaamaan mansikoita. Hän tekisi mansikkatarhasta niin hyvän, kuin mitä ihmisen voimilla ja taidoilla on mahdollista. Myynnin ja kaiken rahaan liittyvän jättäisi Reetan huoleksi.

Huomaamatta ilta oli vaihtunut yöksi. Jostain kaukaa kuului koneen ääntä. Hän mietti, oliko kone se sama mönkijä, millä isä jonkun kaverinsa kanssa oli aikaisemmin metsässä käynyt. Sieltä ääni tuntui kuuluvan, sen vanhan ladon suunnalta. Ääni tosin katosi ennen kuin hän pääsi varmuuteen siitä, missä suunnassa mönkijä kulki.

Eikä hän heistä piitannut. He eivät olleet uhkana mansikoille.

Vai tulivatko mansikkavarkaat oikein mönkijällä paikalle? Oliko heitä isokin lauma? Aikoivatko varkaat juuri tänä yönä varastaa pellon tyhjäksi mansikoista? Oliko hän jonkun isomman voron jäljillä?

Vielä maha vähän murisi. Hän päätti nousta jalkeille. Oli hiljaista ja oli jo hämärää. Kuu oli kai pilven takana. Hän asteli hiljaa pellonlaitaan. Edessä näkyi mansikkamaa. Se oli hänen valtakuntaa. Mitään liikettä siellä ei näkynyt. Vai näkyikö? Kun tarpeeksi kauan tuijotti, näytti, että joka puolella varjoissa jotain liikkui. Samassa myös korvat heräsivät aistimaan ääniä. Jotain rasahteli ympärillä. Katkesiko jossain oksa. Jotain lensi ilmassa hänen pään yli.

Pitäisikö hänen kulkea mansikkamaata ympäri kuin vartiosotilas ikään?

20.

Sulo ja Lauri makasivat vierekkäin metsässä. Siinä oli paikka, mistä näki moneenkin suuntaan. Sulo oli paikan valinnut.

Edellisenä aamuna Lauri oli käynyt paikalla, nähnyt peurat. Niitä oli ollut viisi. Ne kai kulkivat aina samaa reittiä, ellei joku niitä häirinnyt. Hän oli niitä kaukaa seurannut jo vuosien ajan. Joskus peuroja oli ollut enemmän, joinain vuosina vähemmän. Mutta reitti niillä oli aina sama, päivästä toiseen, vuodesta toiseen.

Sulo ajatteli, että yksi niistä joutaisi hänelle ruuaksi. Hirveä hän ei enää niinkään himoinnut. Kyllä hän toki senkin ottaisi, jos se vastaan tulisi. Nyt hän voisi tyytyä peuraan. Kuolleen hirven kuljettaminen, paloittelu ja piilossa pitäminen tuntui sen ison koon vuoksi hankalalta. Asuntojakin paikalla oli liikaa ja liian lähellä. Toisekseen hirviä tuntui kulkevan satunnaisesti, milloin siellä milloin tuolla, kun taas peurat kulkivat samaa reittiä harva se aamu. Peuran he voisivat hoitaa aamuhämärissä kenenkään näkemättä.

Suunnitelma oli valmiina. Sulo sitä tahtoi vielä käydä läpi.

– Sinä ammut sen, sanoi Sulo. – Ammut lapaluun kohdalle. Se putoaa siihen. Sitten juokset hakemaan mönkijän ja pulkan. Minä juoksen lopettamaan eläimen, jos se kituu. Viedään eläin latoon piiloon, valutetaan veri, ja paloitellaan kun ehditään. Palat viedään minun pakastimeen. Peura kai mahtuu kahteen reppuun. Jos ei, niin loput haetaan myöhemmin. Minun pakastin on iso ja se on tyhjä. Sinne mahtuu kyllä.

Laurilla ei siihen ollut mitään sanomista. Kadutti nyt kun oli päätynyt Sulon mukana salakaatoon. Metsästyksen suunnittelu ja retket metsään aamutuimaan tuntuivat kyllä mukavilta, mutta peuran tai hirven kaatamisessa hän ei mitään mukavaa nähnyt. Tappamista se oli eläimenkin tappaminen. Eikä riistaliha tuntunut hänestä sen paremmalta kuin muutkaan lihat tai makkarat, pikemminkin huonommalta. Hän muisti yhä Artulta saamansa hirvipaistin palan ja se muisto vihloi yhä ikenissä.

Nyt häntä hermostutti, pahasti hermostutti. Hän ei ennen ollut eläintä ampunut. Edellisen kerran pyssy oli ollut kädessä armeijan kertausharjoituksissa. Siellä oli ammuttu vain maalitauluja. Nyt hän vanhana miehenä oli ensimmäistä kertaa ihan oikeasti aseen kanssa tekemisissä, vierellään tuo vanha, vapiseva ukko, jota joskus nuorena oli ihaillut. Viime päivien aikana ihailu oli haalistunut. Ukkohan ajatteli vain itseään, sitä että saa riistaa syödäkseen. Ei hän nähnyt Sulossa enää mitään hyvää. Itsekäs, hyödytön vanha ukko, jolle ei kelpaa sama muona mikä muille kelpaa. Vastenmielinen. Ei sille kelvannut kaupan lihat, kun luuli että ne on hormoneilla kasvatettu. Ei kelvannut edes luomu liha, väitti huijaukseksi. Varmasti Sulo olisi voinut joltain luomutilalta ostaa naudan tai sian, teurastaa sen itse ja paloitella ja pakastaa. Kyselemällä olisi kai löytynyt jostain paikka, mistä hirvenlihaa olisi voinut kimpaleen ostaa. Mutta ei. Kun ukko oli tottunut saamaan luonnosta lihan ilmaiseksi, ei tahtonut maksaa lanttiakaan.

Itsekäs, vanha ukko. Jos he jäisivät kiinni salakaadosta, kumpi siinä olisi isompi syyllinen? Hän, vai tuo seonnut, vanha ukko?

Kadutti kun oli lupautunut mukaan salakaatoon. Nyt joutuisi tuon ilkeän ukon vierellä makaamaan kai aamuun asti ja joutuisi päivänkin tätä sietämään. Jos peurat tulisivat ajallaan, siihen kuluisi vielä tunteja.

Jossain katkesi risu.

— Nyt hiljaa, sanoi Sulo. — Nyt ihan hiljaa.

21.

Jossain katkesi risu. Roope kuuli sen. Hän oli ripulin takia mennyt syvemmälle metsään tarpeille ja hätääntyi vähän. Tuntui että ääni kuului läheltä mansikkapeltoa. Oliko joku jo murtamassa aitaan rakoa?

Hän keskeytti toimituksen, hiipi lähemmäksi mansikkapeltoa. Oliko joku ennättänyt pellolle, kun hän oli metsässä kyykkimässä? Ketään hän ei pellolla nähnyt. Oli liian pimeää. Pilviä oli kerääntynyt taivaalle. Vai oliko se sumua?

Hän haki teltasta veistelemänsä koivukepin aseeksi, palasi mansikkamaalle. Vieläkään hän ei ketään nähnyt. Jossain rasahti, mutta ääni tuntui kuuluvan metsästä. Heikko kajo taivaanrannassa kertoi, että oltiin aamupuolella yötä.

Aikomuksena hänellä oli, että kiertäisi mansikkamaan reunoja pitkin ympäri. Hän käveli hitaasti, äänettömästi. Hän aikoi yllättää mansikkavarkaan.

22.

Hirvi oli nukkunut metsässä jonkin aikaa. Jokin sen herätti, jokin käski nousta ylös, jokin käski paeta paikalta. Sieraimiin tuuli toi kammottavan hajun, kalman hajun. Se haju lähti ihmisistä.

Jokin vaisto hirveä kai ajoi liikkeelle. Varovasti se eteni metsässä mansikkapellon laitaan. Siinä aukean laidalla se pysähtyi kuuntelemaan, haistelemaan, katselemaan. Jotain se pelkäsi, mutta ei se tiennyt mikä sitä uhkasi. Se olisi halunnut juosta pellolle, missä näkisi uhkaajansa helpommin. Esteenä oli surkea aita.

– Hirvi se on, kuiskasi Sulo.

Lauri tuijotti Suloa suu auki. Mistä tuo piru tiesi, että sieltä hirvi tulee? Hän oli monta kertaa kertonut Sulolle, että oli nähnyt valkohäntäpeurojen kulkevan reittiään peltojen yli niillä kohdin. Mutta silti Sulo puhui aina hirvestä.

Hän nosti aseen ja tähtäsi, sai lapaluun tähtäimeen, mutta ei saanut painetuksi liipaisinta. Hirvi oli suuri ja komea eläin ja niin elävä. Hämärässäkin se näytti mahtavalta, kuninkaalliselta.

Jos se olisi ollut pahvitaulu, hän olisi saman tien ampunut ja osunutkin juuri siihen mihin tähtäsi. Mutta se oli elävä hirvi. Hän ajatteli, miten luoti repisi ensin nahkaa, sitten lihaa ja katkoisi luita, tunkeutuisi lopulta kai sydämeen asti. Miten paljon siitä koituisi eläimelle tuskaa. Jos ampuisi vähänkin ohi, eläin voisi kitua tuskissaan ties kuinka kauan.

– Ammu, ammu, Sulo hoki.

Lauri ei ampunut. Äkisti hän huomasi ajattelevansa, että ampuisi paljon mieluummin Sulon kuin hirven ja se jotenkin jähmetti hänet. Hirvi haihtui näkökentästä, vaihtui Suloksi. Sulosta lähtevä haju tunki sieraimiin. Siltä siis tuoksui itsekkyys ja ahneus.

– Mitä sinä mitä... sanoi Sulo, riuhtaisi aseen Laurin kädestä.

Lauri vain tuijotti.

Sulo otti heti asennon tähdätäkseen. Hirvi oli aivan paikallaan, kuunteli kai jotain, etsi katseella jotain, mutta näytti katselevan toiseen suuntaan. Sulo sai tähtäimeen jonkin möhkäleen, laukaisi.

Ääni säikäytti Laurin. Äänettömässä yössä se kuulosti tykin laukaukselta. Se kai herätti koko kylän. Hän ei ollut varma, mutta oli kuulevinaan parahduksen heti laukauksen jälkeen. Parahdus oli kuulostanut ihmisen ääneltä. Ei kai hirvi ihmisen äänellä parahda.

Hirvi säntäsi pakoon. Hataraa aitaa kaatui ainakin kymmenen metrin matkalta. Päästyään mansikkamaalle hirvi kiihdytti täyteen vauhtiin. Tanner tömise sen sorkkien alla.

Oliko joku ihminen parahtanut lähistöllä, mietti Lauri. Siksikö, kun sai maistaa luotia?

Sulo veti liipaisimesta uudelleen. Ase laukesi ja luoti lensi jonnekin.

Hirvi juoksi jo kaukana mansikkamaalla. Äänistä saattoi päätellä, että aitaa kaatui myös mansikkamaan toisella laidalla.

Hirvi katosi sumuun ennen kuin Sulo sai sitä uudelleen tähtäimeen. Pian sen vauhti hiljeni. Sen kuono, silmät ja korvat sekä vaisto kertoivat sille, että mikään ei ajanut sitä takaa. Se jatkoi matkaa maltillista kävelyvauhtia, hamusi välillä jotain ruohoja suuhunsa. Sitä kuitenkin harmitti. Se oli paikalle tullut helpon aterian toivossa ja sen se nyt saisi unohtaa. Se ei niinkään mansikoista piitannut, mutta tuoksu kertoi, että viereisellä viljapellolla se olisi voinut täyttää mahansa viljalla ihmisten vielä nukkuessa.

23

Sulo ja Lauri juoksivat hirven perään mansikkamaan laidalle, seisahtuivat rikotun aidan luo. Hirveä ei näkynyt.

– Parahtiko siellä joku, ihmetteli Lauri. – Niin minä olin kuulevinani.

– En minä tiedä, sanoi Sulo. – Hirvi kai.

– Ei se hirven ääni ollut. Joku ihminen siellä parahti. Nyt tästä taisi soppa syntyä.

– Hirvi nyt kyllä taisi mennä, sanoi Sulo. – Mikset ampunut sitä?

– En minä tiedä. Kun minä odotin peuraa ja tulikin valtava hirvi. Ne peurat, jos ne ajallaan olisivat tulleet, olisi siihen mennyt vielä tunti tai pari. Sinä sitten ammuit sitäkin hätäisemmin.

– Pitihän sitä yrittää, kun se lähti samassa liikkeelle. Juoksi aidasta läpi.

– Mutta kuka siellä parahti, kysyi Lauri. – Kyllä minä kuulin ihan selvästi. Se tästä nyt vielä puuttuisikin, että oltaisiin tapettu joku ihminen.

– Ja hirvi meni sen siliän tien, sanoi Sulo.

– Ensin kuului laukaus, sitten parahdus, ja vielä toinen laukaus, sanoi Lauri.

Pilvet rakoilivat. Taivaanranta vaaleni nopeasti. Lauri tajusi, että pian heidät nähtäisiin matkojen päästä. Pitäisi saman tien selvittää, mitä mansikkamaalla oli tapahtunut. Sulolla oli yhä kivääri kädessä.

Lauri sanoi:

– Vie sinä se kivääri jonnekin piiloon. Täällähän voi kohta olla poliisit paikalla.

– Minne minä nyt tämän...

– Vie se vaikka kotiisi. Ja vie se mönkijäkin. Minä koetan selvittää, että mitä helvettiä täällä oikein tapahtui. Joku siellä parahti, joku ihminen.

24.

– En tiedä mikä vaisto minut aamuyöllä herätti. En tiedä kellonaikaa edes. Oli meidän kello pysähtynyt. Mahtaa olla patteri lopussa. Kännykkä oli jäänyt mansikoiden joukkoon. Mutta kun kerran heräsin, menin sitten ulos katsomaan, jos sitä meidän Roopea näkyy. Se kun uhkasi niitä mansikkavarkaita jahdata vaikka koko yön. Olisin käskenyt sen sisälle. Ei se passaa, että niin vanhana mies yökaudet ulkona koluaa. Mitä reumatismeja siitä tulee tai flunssaa. Mutta joku ampui. Kaksi kertaa ampui. Toisella kertaa luoti kai osui liiteriin, meidän liiteriin. Kuulin selvästi, kun kopsahti sinne heti toisen laukauksen perään. Luulin sen hetken, että ampuvatko minua. Vai Roopea. Mutta luulisi kyllä, ettei ne mansikkavarkaat sentään pyssyjen kanssa liiku. Sitten vähän myöhemmin tuonne pysähtyi semmoinen kumma ajopeli. Mönkijä se mahtaa nimeltä olla. Tuonne pysähtyi. Siinä seisoi kai parikin minuuttia. Sillä kuljettajalla taisi olla ase selässä. Tuolla se jotain odotti, mutta lähti sitten. Minä loppuyön vahtasin, että mitä sieltä vielä tulee. Ambulanssi näkyi ajavan tuolla maantiellä, mutta ei tänne ketään tullut. Sinne maantielle en hyvin nähnyt, kun en uskaltanut ulos mennä.

Näin kertoi Reeta aamulla Kerttulille ja Junnulle.

Mentiin tutkimaan liiteriä. Junnu oli löytävinään seinästä tuoreelta vaikuttavan reiän. Siksi vanha ja hatara liiteri oli, ettei siitä varmuuteen päästy. Ehkä luoti oli siitä mennyt sisään, tullut ulos mistä lie raosta.

Uusi päivä oli alkamassa, uudet mansikanostajat pian tulossa. Työ kutsui tekijöitä.

Joku mies astelikin jo pihatietä pitkin kohti. Ei mies kyllä mansikanostajalta näyttänyt. Monesti Reeta oli miehen kylällä nähnyt, mutta nimeä hän sai hakea muistista kauan, muisti sen toki juuri kun mies tavoitti liiterin. Lauri Ahonreuna.

– Huomenta, Lauri Ahonreuna sanoi. – Minulla on aika huonoja uutisia. Tai huonoja ja huonoja. Voisivat ne paljon huonompiakin olla. Sitä teidän Roopea, sitä yöllä ammuttiin. Käsivarressa tai olkapäässä on reikä. Minä sille ambulanssin soitin. Veivät sen sairaalaan yöllä.

– On siinä mansikkavarkaita, sanoi Reeta. – Että oikein ampuvat. Yrittivätkö minuakin ampua? Mansikkavarkaat?

– Ei ne kai mansikkavarkaita olleet, kertoi Lauri. – Taisivat olla salametsästäjiä. Pimeässä eivät Roopea nähneet. Hirveä tähtäsivät, Roopeen osuivat.

– Mistä sinä sen tiedät?

– Olin paikalla, sanoi Lauri. – En ampunut, mutta olin paikalla. Muissa puuhissa liikuin. Eihän minulla ole asettakaan. Ei ole ikinä ollut.

Pihatietä asteli paikalle naapurin rouva. Hänet Reeta vähän paremmin tunsi, mutta ei tämä ennen ollut mansikoita ostanut. Nyt kyseli litrahintaa.

Reetasta näytti kuin Lauri olisi paennut paikalta. Hänellä olisi ollut miehelle vielä kysymyksiä.

– Ihan kohta saadaan tuoreita marjoja, hän kertoi naapurilleen. – Ovat nuoret pellolla jo poimimassa. Hetken jos maltat odottaa. Eilen poimittuja kyllä olisi.

Naapuri näytti ilahtuvan, päätti odottaa, kysyi:

– Kuulitteko te yöllä jotain laukauksia?

– Kuulinhan minä. Minun miestä ammuttiin. Se kun illalla lähti vaanimaan mansikkavarkaita, mutta sitä kuulemma ammuttiin.

– Ampuiko mansikkavaras sitä?

– Kuulemma salakaataja ampui.

– Salakaataja ampui miestäsi?

– Niin siinä taisi käydä. Minä ihan vasta itsekin kuulin.

– Miehesi vaani mansikkavarkaita ja salakaataja ampui sitä. Onko teiltä paljonkin mansikoita varastettu?

– Ei kai tänä vuonna ollenkaan. Mutta viime suvena kuulemma yhtenään katosi marjoja. Niitä rosvoja

Roope nyt jahtaa. Sano, että laittaa vorot nyt käpälä-
mäkeen. Vai lautaanko se oli?

– Minä voin siihen tietää vastauksen. Käyn herättä-
mässä pojat. Tulen ihan pian takaisin.

Työpäivä käynnistyi. Kerttuli toi jo vastapoimittuja
mansikoita liiteriin. Liiterissä marjat lajiteltiin pahvira-
sioihin. Oli yhden litran, viiden litran ja kymmenen
litran laatikoita. Sekin oli Kerttulin aikaansaannoksia.
Ei Reeta tiennyt, mistä laatikot olivat peräisin, maksoi
vain pienen laskun. Hänestä laatikot toivat marja-
kauppaan omanlaisensa leiman. He olivat jo aivan
kuin ammattilaisia.

Naapurin rouva palasi kahden unisen pikkupojan
kanssa.

– Nämä taitavat jotain tietää viime kesän mansik-
kavarkaista, rouva kertoi, sanoi sitten pojilleen.
– Kerrotte nyt tädille kaiken, mitä mansikkavarkaista
tiedätte.

– Iivo ja Saku ne ensin meni mansikoita varasta-
maan, sanoi isompi pojista. – Kai yöllä. Mutta se oli
viime kesänä. Ei me tiedetä ketä siellä tänä vuonna on
ollu.

– Sitten ne kertoi siitä kaikille, sanoi pienempi.
–Sitten piti Juuson ja Larin ja Veksin tehdä sama.

– No miksikä piti? kysyi Reeta.

– Ei me sitä tiedetä, sanoi isompi. – Niin ne vaan teki. Ne on eri jengiä. Sen jälkeen kai Luotosen pojat kävi siellä myös.

– Ainakin kertoivat että kävivät, sanoi pienempi.

– No montako kertaa ne kävi varkaissa? Kysyi Reeta.

– Ei kai ne käyny siellä ku kerran jokainen, sanoi isompi. – Tai Iivo ja Saku, ne kai kävi kaks kertaa.

– Eikä ne syönyt niitä marjoja edes, sanoi pienempi. – Me nähtiin, kun ne heitti niillä toisiaan.

Pienempää poikaa näytti harmittavan sellainen mansikoiden tuhlaus.

Reeta antoi kummallekin pojalle litran mansikkarasian, sanoi:

– Saatte, kun kerran niin rehellisiä olette. Minä välitän miehelleni nämä tiedot. Ihan kiva että asia selvisi. Ei se Roope enää toiste lähde yöllä huluttelemaan.

25.

Roope asteli kotiinpäin joskus puolen päivän jälkeen. Käynti oli kumman epävarmaa. Hän pysähtyikin tämän tästä, oli kuin olisi hakenut suuntaa reitillä, jota oli vuosikymmeniä kulkenut.

Hän oli sairaalasta soittanut vaimolleen heti kun kykeni, sanonut, ettei vaimo tulisi sairaalaan häntä katsomaan.

"Kun siellä on paljon työtä, mansikkamaalla" hän oli sanonut. "Myyt marjoja nyt kun niitä on. Revit rahat pois mistä vain saat."

Sulon ampuma luoti oli vain raapaissut käsivartta. Lääkärin mukaan se paranisi itsestään muutamassa päivässä. Haava oltiin vain putsattu ja sidottu. Sen verran luoti kai oli hipaissut luuta, että kivut olivat kovia. Sitä varten hän sai lääkäriltä reseptin, millä sai apteekista vahvoja särkylääkkeitä. Yhden pillerin hän jo nielaissut. Kipu oli kadonnut, mutta olo oli outo. Huimasi vähän. Linja-autossa hän nukahti penkille, mutta onneksi kuski muisti hänen määräaseman ja herätti. Kävellessä kotiin pani epäilyttämään, että jaksaako perille asti.

Oli häntä sairaalassa käynyt poliisikin haastattele-massa. Mutta ei hän heille osannut oikein mitään kertoa. Oli hän kai kuullut pamauksen ennen kuin tunsi kipua ja tajunta sammui. Hän oli herännyt vasta kun häntä kannettiin ambulanssiin.

Lähtiessään poliisi oli kehottanut häntä olemaan varovainen. "Joku hullu siellä hiippailee kivääri kädessä."

Sairaalassa ja vielä kotimatkalla linja-autossa hän oli paljon ajatellut sitä, että jos ei menisikään enää mansikkamaalle. Hän oli saanut luodin ruhoonsa, kun oli mansikoita vartioinut. Vielä hän ei tiennyt, mistä luoti oli peräisin. Puhelimessa Reeta oli puhunut jostain salakaatajista.

Hän oli selvinnyt säikähdyksellä. Mutta lähellä se oli ollut, ettei käynyt huonosti.

Huolta ja vaivaa mansikkamaasta taisi olla enemmän kuin vaurautta ja iloa. Pian pitäisi selvittää sekin, mitä mieltä verottaja hänen puuhista oli. Jos tuumii oikein pahoja, pitäisi viljely jo samassa lopettaa.

Mutta entä jos tosiaankin antaisi Reetan vaivoiksi koko pellon, mutta toki myös siitä koituvat tienistit. Jatkossa tekisi itse vain isommat työn, lannoittaisi, kitkisi, kastelisi, rakentaisi paremman aidan. Reeta apujoukkoineen hoitaisi poimimisen ja myyntityön. Hän itse voisi kesän kulkea metsässä, katsella ja kuunnella luontoa, levätä ja ennen kaikkea antaisi hermojen levätä. Voisi hän siinä ohessa joskus poimia mustikoita, puolukoita ja sieniä. Ehkä Reeta osaisi myös metsän antimia vaihtaa rahaksi.

Lähtiessään linja-autopysäkiltä kävelemään kotia kohti, hän päätti, että pitäkööt Reeta kaikki mansikoista saadut tienistit ja pitäkööt vaikka koko mansikkamaan itsellään, pitäkööt myös kesän tulot ja seuraavien vuosien tulot niin kauan mitä jaksaa ja haluaa. Pitäkööt Reeta myös verottajan ja verottajasta koituvat huolet. Hän ei niihin asioihin enää puuttuisi. Hän tiesi, että veroasioita miettiessä hän vain hermostuisi ja suuttuisi, tekisi jonkin typerän ratkaisun, josta voisi olla seurauksia vuosiksi eteenpäin.

Hänestä tuntui, että olisi itse ansainnut hieman rauhallisempia eläkepäiviä.

Kun oli viimeksi käynyt mansikkamaalla, hän oli tuntenut itsensä siellä aivan vieraaksi. Hän oli tuntenut itsensä vieraaksi myös kotonaan. Nyt tuntui, että oli vieras myös omassa ruumiissaan. Särkylääke oli vahva.

Hän ei ennättänyt kotiin asti, kun Lauri Ahonreuna kiirehti häntä kohti, viittilöi hänelle jo kaukaa, oli kai nähnyt hänet baarin ikkunasta. Kun ennätti luo, sanoi Lauri jotenkin hermostuneen oloisena:

– Nyt olisi uutisia. On huonoja uutisia ja sitten on oikein huonoja. Kummat haluat ensin kuulla?

– Jos niitä vähemmän huonoja ensin.

– Se Sulo, se sinun isäsi, se ampui sinua yöllä. Hirveä tähtäsi mutta sinuun osui.

– Tekö aioitte luvatta hirven kaataa.

– Peura meidän piti kaataa, mutta hirvi siihen jostain tupsahti.

– Miten Sulo nyt semmosta. Minä kun luulin, että se on melkein sokea.

– Minun oikeastaan piti ampua se hirvi tai peura. Enhän minä muuten olisi, mutta kun pyytämällä pyysi tueksi ja turvaksi. Ja pyysi monta kertaa. Minä sitten aattelin...Enkä minä sitten pystynytkään ampumaan sitä hirveä, elävää hirveä. Isäs sitten repi aseen käsistäni ja ampui saman tien. Se luoti taisi osua sinuun.

– Entä ne oikein huonot uutiset?

–Se on kuollut, isäsi. Menin sinne aamulla selvittelemään asioita. Kun ei avannut ovea, menin takapihan kautta. Menin sisälle asti, kun kerran takaovi oli raollaan. Siellä se istui keinutuolissa kuolleena. Olisiko ollut se yöllinen retki vanhalle miehelle vähän liikaa. Sillä oli sylissä joku ansa, luulen että ketunloukku tai näädänloukku tai mikä lie nimeltään. Mitähän se sillä aikoi?

– Vai keinutuoliin kuoli, sanoi Roope.

– Keinutuoliin kuoli. Näytti kuin vain nukkuisi siinä, mutta kuollut se oli. Tuskin siinä mitään sen kummempaa on. Ehkä vanha sydän ei vaan jaksanut yön seikkailuja.

Roope muisti, että keinutuolissa hän kai isän viimeksi oli nähnyt.

– Mutta se ansa tai loukku mikä sillä oli, se oli semmonen aika iso. Isompi paljon mitä rotanloukku on. Ja eri näkönenkin...

– Oliko vielä muitakin uutisia, kysyi Roope.

– Ei. Mutta että semmosta... Tuleekonhan poliisi minua jututtamaan. Kun minähän olin paikalla, vaikka en ampunut.

– Mistä poliisit sinut tietää?

– Pitihän minun ambulanssi soittaa, kun vuodit verta. Soittaessa taisin kertoa nimeni.

– Saattavat ne sitten tulla kyselemään, sanoi Roope. – Ainakin todistajaksi...

– Niin, jos vaan todistajaksi... Kyllähän minä todistajaksi... Mutta en ampunut. Että pitikin taas sotkeutua... Minunhan piti vaan auttaa vanhaa miestä. Mitäköhän tästä...

Roope jatkoi matkaa. Vähän liikaa pyöri ajatuksia päässä, niin ettei isän kuolema meinannut päähän heti mahtua.

Hieman häntä huvitti ajatus siitä, että joutuisiko tuo Lauri Ahonreuna vastuuseen ampumisesta tai salakaadosta. Hirvi tosin oli päässyt pakoon, mutta salakaadon yritys, ehkä sekin olisi tuomittava teko. Asuntojahan ympärillä oli paljon. Kuka tahansa asukas olisi voinut päätyä harhalaukauksen uhriksi.

Hän kulki toista kautta kotiin mitä tavallisesti käytti, koitti varoa, ettei häntä mansikkamaalta tai liiteristä nähtäisi. Sen hän itse näki pusikon takaa, että Reeta ja Kerttuli ja Junnu olivat töissä ja että asiakkaitakin paikalla oli.

Hän hiipi kotiin. Käsivartta jomotti taas. Hän nielaisi pillerin, istui sängynlaidalle. Hänen pitäisi kai nyt keskittyä hautajaisjärjestelyihin. Ehkä Reeta osaisi häntä siinä auttaa, kuten oli auttanut kaikissa muissakin asioissa. Itse hän ei nyt mitään jaksanut, ei jaksanut edes ajatella. Isä tuntui niin vieraalta, oli aina tuntunut, mutta nyt vielä vieraammalta mitä koskaan ennen. Vieras, kylmä isä, nyt vielä kuollut. Kannattaako semmoisen takia vaivautua. Hautajaisiin hän kyllä tulisi, mutta muun ajan kulkisi metsässä ja poimisi mustikoita.

Mutta jos hautajaisjärjestelyt jättäisi Reetan hoidettavaksi, miten kävisi mansikoiden kanssa. Ei Reeta ehkä ihan kaikkea ehtisi.

Mutta olihan hänellä myös äiti. Vai oliko? Vuosikausiin hän ei äidistäkään ollut kuullut mitään. Oliko äiti edes elossa enää? Mutta kaipa hänelle joku olisi ilmoittanut, jos äiti olisi kuollut.

Oli hän joskus äidin kanssa puhelimessa rupatellut. Mutta se oli tapahtunut ennen kuin alkoi mansikoita viljelemään. Sitten kun kiireet mansikkamaalla alkoivat, ei hän enää joutanut äidin kanssa puhumaan.

Jos äiti oli elossa ja varoissaan, hän voisi kai toivoa, että äiti osallistuisi isän hautajaisiin, jos ei muuten niin ainakin rahallisesti.

Mutta sitäkin pitäisi ajatella huomenna, kaikkea pitäisi ajatella huomenna.

Olo oli raukea. Hän kaatui selälleen vuoteelle. Huone tuntui keinuvan. Vielä kävi mielessä, että pitäisikö hänen nyt ajatella isää, muistella mitä kaikkea oltiin yhdessä tehty. Oliko hän koskaan ollut isän kanssa kalassa tai metsällä? Entä patikkaretkellä tai uimassa. Löytyisikö muistista joku hauska muisto, jotain mitä oli isän kanssa yhdessä tehnyt. Jotain tuli mieleen. Jossain hän oli lapsena isän kanssa kahdestaan ollut. Oliko se eläintarha? Tai tivoli? Tai joku toritapahtuma kaupungissa. Ehkä Linnanmäellä? Jossain hän oli isän kanssa ollut kahdestaan, jossain missä kaikilla tuntui olevan hauskaa, paitsi ei hänellä ja tuskin isälläkään.

Pitäisi vain muistaa.

Huomenna kaikki olisi jo myöhäistä, huomenna pään täyttäisivät arkiset asiat, työ ja toimeentulo, elämän perusasiat. Huomenna pitäisi myös Reetaa varoittaa verottajasta. Huomenna pitäisi yhdessä miettiä sitä, että jos Reeta ottaisi huolehtiakseen kaikista mansikkaviljelyyn liittyvistä raha-asioita ja marjojen myynnistä. Itse hän toimisi vain apulaisena. Vai jatketaanko mansikanviljelyä ollenkaan?

Huomenna pitäisi keksiä loputtomasti selityksiä siitä, mitä hän itse oli tehnyt sadonkorjuun ajan. Huomenna pitäisi myös äitiin ottaa yhteyttä.

Hän nielaisi vielä toisen pillerin, siltä varalta, että jos nukahtaisi, ei heti heräisi kipuun.

Huomenna ei kuollut isä mahtuisi mieleen, kun ei ollut mahtunut elävänäkään. Juuri nyt hän tunsi olevansa herkimmillään. Juuri nyt hän tunsi olevansa lähempänä isää kuin koskaan. Pitäisi vain muistaa jokin kohtaus, missä oli ollut isän kanssa kahden. Kyllä sellaisiakin kohtauksia oli. Vaikka äiti ja isä olivat pian eronneet, oli isä käynyt heitä katsomassa silloin kun hän vielä oli lapsi, myöhemmin ei enää. Pitäisi vain muistaa jokin tietty kohtaus.

Jotain harmaita hahmoja kulkikin mielessä, olivat jossain hämärässä häilyväisinä. Mutta oli myös valoa. Jokin roihusi yöllä pimeässä. Oliko se juhannuskokko? Oliko hän viettänyt juhannusta isän kanssa. Ja siellä aivan valon ja pimeyden rajamailla, siellä oli noita häilyviä ihmishahmoja. Oliko hänen isä noiden hahmojen joukossa?

Hän pinnisti muistiaan. Mieleen tulikin keinutuoli ja se keinui ja keinui ja keinui...

Ja siihen nukahti.

Kirjailijan aikaisempaa tuotantoa

Mökkihöperö Books on Demand 2023

Stava vastaan Härkis Books on Demand 2021

Kukonpoikia Books on Demand 2020

Suossa kulkijat Books on Demand 2015

Varovainen murtovaras Books on Demand 2013

Kulaus Books on Demand 2012

Kaikkea se viina teettää Books on Demand 2011

Koiran sydän Books on Demand 2009

Ravunsyötit Books on Demand 2007

Päättömän pyyn tapaus Pilot-kustannus 2005

Puolen peikon tarina Pilot-kustannus 2004

Kertomuksia Tuulensuun mäeltä Kirkkonummen
kirjaston ystävät RY 2003

Peltikattomurha MC-Pilot 2002

Katajankaataja Kesuura 1998

Mies halusi nukkua Kesuura 1996

Rottajahti Kesuura 1995

Kanavarkaat Kesuura 1993

Joulukinkku Yle 1988